GÖTZ GEORGE
FELIX HUBY

SCHIMANSKI

Roman

Originalausgabe

WILHELM HEYNE VERLAG
MÜNCHEN

HEYNE ALLGEMEINE REIHE
Nr. 01/6686

2. Auflage

Printed in Germany 1986
Umschlagfoto: Deutscher Fernsehdienst, München
Innenfotos: Mor van Le (dpa); Pressebüro Peter W. Engelmeier;
Athenstaedt (dpa), Engelmeier (3), Baum (dpa, 2)
Umschlaggestaltung: Atelier Ingrid Schütz, München
Satz: werksatz gmbh, Freising-Wolfersdorf
Druck und Bindung: Presse-Druck, Augsburg

ISBN 3-453-02285-8

I

Der Mann gefiel Schimanski auf Anhieb nicht – rechts gescheitelt, aufrecht, braungebrannt, glatt rasiert. So einer, der immer auf dem Weg zur Apotheke ist, um den Blutdruck zu messen und sich unterwegs im Schaufenster zu spiegeln. Einer von den reibungslos Funktionierenden.

Der Mann roch nach einem herben Rasierwasser, hatte äußerst gepflegte Fingernägel und trug eine randlose Brille.

»Kriminalrat Tumler, BKA«, stellte er sich vor. »Ich freue mich, Herr Kollege... äh...«

»Schimanski«, sagte Karl Königsberg, Chef des Dezernats K wie Kapitalverbrechen.

»Ach ja, richtig!«

›Was für ein Kotzbrocken‹, dachte Schimanski bei sich.

»Also, was ist?« fragte er Königsberg patzig.

»Herr Tumler recherchiert hier und hat gebeten, daß wir ihm einen ortskundigen Kollegen zuordnen. Sie sind der Ortskundigste im Haus.«

»Aber auch der, der sich am schlechtesten ›zuordnen‹ läßt.« Schimanski dachte nicht daran, verbindlicher zu werden.

»Außerdem habe ich einen zweifachen Mörder zu fangen. Er hat zwar nur zwei Nutten umgebracht...«

»Na, na, na!« fuhr Königsberg dazwischen.

Tumler verzog seine dünnen Lippen zu der Andeutung eines süffisanten Lächelns. Schimanski musterte ihn. ›Wahrscheinlich ein Meister der kleinen Gesten‹, dachte er.

»Thanner wird sich um die Morde kümmern«, sagte Königsberg.

»Und der Herr... äh...«, Schimanski deutete mit einem Kopfnicken auf Tumler, dessen Name er sehr genau im Gedächtnis hatte.

»Tumler«, sagte Tumler leise. Seine Stimme klang seltsam hoch und dünn.

»Tumler, ja richtig. Worum kümmert der sich?«

»Ich werde Sie gleich einweisen«, sagte Tumler.

»Einweisen?« Schimanski spürte, wie sich eine Drahtbürste in seinem Bauch aufstellte. »Zuordnen, einweisen – ich glaube, das wird nichts mit uns!«

Wieder dieses dünne, maliziöse Lächeln. Er glaube, solche Animositäten könnten in dem zu bearbeitenden Fall wohl keine Rolle spielen.

Königsberg nickte nachdrücklich. Der Fall habe eine solche Brisanz, sagte der alte Kriminalrat, daß persönliche Eigenarten und Eitelkeiten diesmal wirklich aus dem Spiel bleiben müßten.

»Briefing«, nannte Tumler, was sich dann anschloß – offensichtlich ein Fremdwort für ›Einweisung‹. Schimanski mußte widerstrebend zugeben, daß ihn der BKA-Mann präzise, schnörkellos und umfassend informierte.

»Zum erstenmal, seitdem wir mit dem internationalen illegalen Waffenhandel zu tun haben, führt die Spur nach Duisburg. Ja, das kam auch für uns überraschend. Die Fäden laufen nicht in London, Frankfurt oder Genf zusammen, sondern ganz offensichtlich hier. Die Waffen gehen entweder als Maschinenteile getarnt nach dem Nahen Osten oder ganz offiziell mit Warenbegleitpapieren und Endverbraucherzertifikat sauber als Waffen deklariert in den Irak und nach Persien.«

»Ich denke, die Bundesrepublik liefert keine Waffen in Krisengebiete.«

»Sie haben recht!« Tumlers Lob ärgerte Schimanski.

»Die Endverbraucherzertifikate stammen auch stets von unverdächtigen Ländern, und irgendwo auf der Reise werden die Waffen dann umgeladen. Am Ende landen sie dann doch wieder im Irak, im Iran, im Libanon oder in Syrien.«

Schimanski nickte. Soweit war alles klar. »Irgendeine Spur?« fragte er.

Tumler wiegte seinen schmalen Kopf hin und her.

»Andeutungen, ein paar wachsweiche Infos von unzuverlässigen Spitzeln. Nichts Halbes und nichts Ganzes.«

»Was deutet auf Duisburg?«

»Offensichtlich werden die verschiedenen Häfen hier – Schrotthafen, Containerhafen, Ölhafen – was weiß ich – als Verschiebebahnhöfe genutzt. Ein raffiniertes System, das wir noch nicht durchschauen. Wir wissen nur: Alle Ladungen mit Endverbraucherzertifikaten, die Mercier verschickt, gehen hier ab!«

»Mercier?«

»Ein Waffenhändler in Gent.«

»Aha.« Schimanski wollte nicht zeigen, wie sehr ihn der Fall zu interessieren begann.

»Einer, von dem wir genau wissen, was er treibt, und gegen den wir dennoch keine Handhabe finden.«

Sie saßen in Schimanskis und Thanners Büro. Thanner hatte die ganze Zeit stumm zugehört und mit den Spitzen seines Schnurrbartes gespielt. Jetzt stand er auf und legte ein paar Aktenstücke in seinen Diplomatenkoffer aus glattbraunem Rindleder. Mit einem leisen Plop schloß er den Deckel. Dann ging er grußlos hinaus. Tumler sah überrascht auf. »Hat er irgendwas?«

Schimanski winkte ab. »Thanner hat immer irgendwas.«

Auch er stand auf und angelte seine graue Windjacke von der Stuhllehne.

»Feierabend?« fragte Tumler.

»Mhm.«

»Können wir zusammen etwas essen gehen?«

Schimanski trat dicht vor ihn hin. »Ne – vermutlich wären Sie enttäuscht. Außerdem: Dienst ist Dienst...« Er warf die Jacke über die Schulter. An der Tür sagte er: »Kommen Sie raus hier, ich will abschließen.«

Schimanski konnte sich seine schlechte Laune nicht erklären. Was war schon dabei? Würde er eben diesen Tumler durch Duisburg führen. Ein leichter Job. Keine Verantwortung. Die trug dieser BKA-Typ. Also – was sollte sein?

Er stieß die Tür zu Hannas Kneipe auf – einem Zwischending aus Imbißbude und Gartenlokal. Es roch nach gebratenen Zwiebeln und Knoblauch. Schimanski zog den Geruch ein wie ein Frischluftfanatiker den Tannenduft im Wald.

Die einzigen Gäste waren ein paar junge Leute in abgerissenen Jeans und schwarzen Lederjacken, auf denen ein großes weißes A im weißen Kreis prangte. Schimanski wußte, daß es »Autonome« waren, aber er konnte sich nichts darunter vorstellen. Er trat zu Hanna an die Theke.

Hanna war 29, Lehrerin ohne Anstellung, eine große schlanke Frau mit langen schwarzen Haaren und braunen Augen. Eine natürliche Autorität ging von ihr aus. Wie sie sich bewegte, wie sie mit den Gästen redete, wie sie mit sicheren Handgriffen servierte, als hätte sie noch nie etwas anderes gemacht – das strahlte Sicherheit aus und eine seltsame Unnahbarkeit. Schimanski kam seit Wochen her und hatte, ganz gegen seine Gewohnheiten, noch keinen Annäherungsversuch gemacht – etwas, was auch Hanna wunderte.

»'n Abend«, sagte Schimanski.

Hanna nickte ihm zu und ließ ein Bier für ihn einlaufen. Die Autonomen redeten laut. Einer rief herrisch: »Vier Bier, vier Schnäpse und viermal Pommes!«

»Mit Ketchup?« fragte Hanna freundlich.

»Nee, ohne Flachkopfsoße.«

»Das wäre mal was«, gröhlte ein anderer, »Micha frißt Yankee-food!« Er lachte laut und anmaßend.

»Aber in 'nem Farbbeutel wär's geil«, schrie ein Mädchen. »Stell dir mal 'ne Bullenvisage vor, wenn der gute Ketchup langsam seine Bahn hinunterzieht.«

Das Mädchen fuhr mit zwei Fingern vom Haaransatz bis zum Kinn.

»Wieso denn Beutel, das Zeug ist doch in Flaschen!«

Schimanski wendete sich Hanna zu. »Sind die öfter da?«

»Nein, heute das erste Mal. Ich glaube, die kommen von einer Demonstration!«

Wie zur Bestätigung sagte einer der Autonomen: »Ihr mit Euren Farbbeuteln und Eiern – ist doch alles Kacke. Eierhandgranaten wär'n das Richtige. Eierwerfen! Da könnt Ihr doch gleich Sackhüpfen!«

»Stimmt«, sagte das Mädchen. »Hat alles keine Power – so kommste Bullen nicht bei.«

Schimanski nahm sein Bier und ging hinüber. Er tippte dem Mädchen auf die Schulter.

»He, Pfoten weg, du!« Sie fuhr auf, als ob sie gestochen worden wäre.

»Tschuldigung«, murmelte Schimanski und setzte sich, ohne zu fragen.

Einer der Jungen kicherte. »Vorsicht Mann, wenn's auf Frauenpower kommt, wird Babs giftig!«

»Halt du dich raus«, giftete das Mädchen, »du bist doch der Obermacho.«

Schimanski grinste: »Kein Mensch kann ein Ding erkennen, wenn er nicht mit ihm in Berührung kommt, sagte der große Mao.« Auf die jungen Leute wirkte es wie ein guter Witz – sie lachten, schlugen auf den Tisch, warfen sich gegen die Stuhllehnen.

»Auch das noch, ein Apo-Opa«, schrie Babs.

»Hey, der Spruch ist cool«, warf nun ein dürrer, bleicher Junge ein. »Nichts gegen Mao.«

Ein anderer pfiff durch die Zähne und rief: »Seht Euch den Atze an – ich denke, du stehst auf Bakunin?«

Babs protestierte. »Typisch, kaum wird mal 'n Frauenproblem angesprochen, weicht ihr auf die große Politik aus.«

Atze warf hilfesuchende Blicke zur Decke. »Mann, Mann – die Tussi macht mich krank. Frauenprobleme! Es gibt verdammt viel wichtigere Sachen.«

»Ach ja?« warf Babs spitz ein.

»Ja, verdammte Kacke. Die Muni-Transporte zum Beispiel«, plötzlich wendete er sich Schimanski zu: »Haste schon geschnallt, was die Schweine heute nachmittag wieder gemacht haben?«

Schimanski schüttelte den Kopf und winkte Hanna mit seinem leeren Bierglas.

»Wir kommen nämlich direkt von Nordenham!«

»Ja, und?«

»Da ging bös was ab. In Nordenham kommen die Munitionsschiffe der Yankees an, verstehste?«

»Ne«, sagte Schimanski.

»Von Nordenham aus wird das Zeug auf die einzelnen Depots verteilt, quer durch ganz Deutschland.«

»Nicht nur Deutschland«, mischte sich ein anderer junger Mann ein, »über die Air-Base Frankfurt gehen die Muni-Transporte in die halbe Welt. Überall hin, wo's brennt!«

Schimanski schaute dem jungen Mann mit wachsendem Interesse in die Augen. Sie waren grau und blieben trotz der äußeren Aufregung, die den Jungen gepackt zu haben schien, ruhig und gelassen. Er hielt Schimanskis Blick stand.

»Wie heißt du?« fragte Schimanski.

»Bernie, und du?«

»Horst, aber lieber ist mir Schimmi – kommt von meinem Nachnamen – Schimmi ist so 'ne Art Abkürzung. – Was war denn nun in Nordenham?«

»Da war 'ne Action angesagt«, antwortete Bernie. »Wir wollten den Rhein entlang 'n paar Brücken blockieren.«

»Und?«

»Die Schweine haben alles abgeriegelt – großräumig. Die müssen gewußt haben, was wir vorhatten.«

»Da hat's von Bullen gewimmelt, daß es dir grün vor den Augen geworden ist«, warf Babs ein.

»Wir haben versucht, uns als Kleingruppen durchzumogeln!«

Hanna brachte Schimanskis Bier und sagte beiläufig: »Ihr redet zuviel«, aber niemand hörte auf sie.

»Wir die Böschung rauf, und die Bullen hinterher wie 'ne Hammelherde«, tönte Atze.

»Habt Ihr die Brücke geschafft?« fragte Schimanski.

»Ne, von oben kamen auch noch Grüne. Wir haben vielleicht bös in der Falle gesessen. Da ging's mit einemmal nur noch drum, wieder rauszukommen. Haben wir auch geschafft. Die Bullen haben nur zwei von uns geschnappt.«

Schimanski blies den Schaum vom Bier. »Flotte Frontberichterstattung!«

Bernie musterte Schimanski aufmerksam. »Die Bullenberichte sehen noch ganz anders aus«, sagte er leise.

Aber Atze wollte unbedingt weitererzählen. Laut fuhr er fort: »Denen ist's ja auch gar nicht ums Festnehmen gegangen. Die sind gleich voll rein mit ihren Schlagstöcken, mit den Raupen aus Holz, weißte. Und immer voll drauf. Da ist schwer ranzukommen. Aber 'n paar von den Bullen haben wir dann doch noch ganz schön die Fresse poliert.«

Schimanski schüttelte sich wie ein Hund, der die Nässe aus dem Fell kriegen will. Damals – 68 – war er auch auf der anderen Seite gewesen. Er würde die Gesichter nie vergessen – weder die der deutschen Polizisten von Berlin noch die der türkischen von Ankara.

»Babs hat einen voll in die Eier getreten«, tönte Atze.

»Weil er mir nach der Brust gegrapscht hat, das perverse Schwein, und nachher hat er noch voll draufgeschlagen. Da, willste mal sehen?« Sie machte Anstalten, den Pulli über ihre kleinen Brüste hinaufzuziehen. Schimanski wehrte mit weit vorgestreckten Händen ab.

»Ne, du, danke!« Dann beugte er sich ein wenig vor.

»So'n Polizist tut auch nur seinen Job.«

»Die Leier kenn' ich«, rief das Mädchen. »Dem Einsatzleiter ist der Geifer aus dem Maul gelaufen. Wetten, daß dem jedesmal einer abgeht, wenn er 'n Mädchen zusammenkloppt!«

»Nu mach aber mal halblang.«

Bernie sagte ruhig: »Wir machen keinen Unterschied zwischen denen, die die Muni herschaffen und verteilen, und denen, die dafür sorgen, daß die Transporte durchgeführt werden können.« »Was die Yanks hier abziehen, ist Vorbereitung zum Massenmord«, tönte Atze, »und wenn dann so 'n gehirnamputierter Bulle...«

Schimanski fuhr dazwischen. »Na hör aber mal auf. So 'n kleiner Beamter, der hat doch gar nichts zu sagen. Was soll denn ein einfacher Bereitschaftspolizist...«

»Das muß er sich vorher überlegen«, unterbrach Bernie, »heute weiß doch jeder, was abgeht.«

»Richtig«, schrie Atze, »wer mit dem Schweinesystem paktiert... aber daß das ganz klar ist: Die Schweine von heute sind die Schinken von morgen.«

»Und wer ist der Schlachter?« fragte Schimanski.

»Wir, wenn es sein muß!«

»O Mann!« Schimanski stand auf. »Soll ich euch sagen, was ich beruflich so mache?«

Er stand breitbeinig vor dem Tisch. Die blauen Augen wirkten fast unnatürlich groß. »Ich bin 'n Bulle – eines von den Schweinen, die ihr schlachten wollt!« Er drehte sich um und ging zur Theke. Er lehnte sich schwer gegen den Tresen.

»Du redest auch zu viel«, sagte Hanna. Schimanski sah in den Spiegel hinter dem Tresen. Die Autonomen erholten sich nur mühsam von der Überraschung.

Seine Laune war nicht besser geworden. Als er das Lokal verließ, war er nervös und mit sich selber unzufrieden. Hanna hatte ihm klargemacht, wie unsinnig es gewesen war, sich als Bulle zu erkennen zu geben.

»Kann einer denn überhaupt Polizist werden, wenn er nicht lügen kann?«

»Ich kann schon, wenn ich muß«, hatte er ärgerlich geantwortet.

Wie er überhaupt dazu gekommen sei, hatte Hanna wissen wollen. Einer, der so direkt sei, so geradeaus. Tja, wie? Er hatte nur abgewinkt. Konnte man das einem anderen Menschen überhaupt erklären?

Er sah sich um. Halb und halb erwartete er, daß die

jungen Leute ihm folgen würden. Hätte er ihnen vielleicht sagen sollen, daß er damals..., mein Gott, wie lange war das her. Das war schon gar nicht mehr wahr. Einen Augenblick blieb er bei der Frage hängen, warum etwas nicht mehr wahr sein sollte, nur weil es lange Zeit zurücklag.

Königsberg war schuld. Der hatte ihn umgedreht – damals. Vielmehr: Königsberg hatte ihn dazu gebracht, sich selber umzudrehen.

Warum kamen die Typen mit dem kreideweißen A im kreideweißen Kreis nicht hinter ihm her? Die waren zu fünft. Und Verstärkung war für die bestimmt nicht weit. Beinahe wünschte er es sich, sie würden ihn stellen. Im Augenblick hätte er sich lieber geprügelt als nachgedacht.

Dieser aalglatte Tumler hatte damals bestimmt nicht die Straßenbahnen per Sitzstreik gestoppt, der hatte keine Pflastersteine herausgerissen und war nie von dem harten Strahl eines Wasserwerfers gegen eine Hauswand geknallt worden. Der hatte keine Ahnung davon, was es bedeutete, den eigenen Bruder zu suchen, in einem Land, dessen Sprache man nicht kannte, dessen Sitten einem wie ihm damals fremd und unzugänglich bleiben mußten. Thanner, der verstand das alles schon eher. Thanner, der war ja selber so etwas wie Schimanskis großer Bruder. Er mußte unwillkürlich grinsen. Ebenso besorgt war er, der Thanner – nicht so sehr um Schimanski, als vielmehr darum, durch ihn nicht aufzufallen oder gar blamiert zu werden. Was hatte Hanna gesagt? »Du läufst rum wie ein Kind, das sich absichtlich verlaufen hat.«

Schimanski betrat seine Wohnung. Es roch nach abgestandenem Bier und seinem ungelüfteten Bett. Die

Unordnung hatte längst Formen des endgültigen Chaos' angenommen. Schimanski machte auf dem Absatz kehrt, warf die Tür hinter sich ins Schloß und sprang die Treppe hinunter.

Zehn Minuten später fand er sich in ›Hottes Bar‹ wieder, an einem Stehtisch, ein Bier, einen Klaren und Paul Nieber vor sich. Nieber, den man im Kiez nur Mottenpaule nannte, weil seine Kleider stets streng nach Mottenkugeln rochen, blinzelte heftig und versuchte, Schimanskis Blick auszuweichen. »Wenn ich da was wüßte, würde ich's dir nicht sagen, Schimmi«, sagte er, »nicht mal gegen Geld.«

»Wer redet denn von Geld?«

Mottenpaule sah sich unsicher um. »Das ist nicht gut, wenn ich mit dir hier so gesehen werde.«

»Tja, schlechter Umgang färbt ab.«

Es trat eine Pause ein, die Mottenpaule nur noch nervöser machte. Nach einer ganzen Weile sagte Schimanski: »Wenn die Waffendealer hier erst mal richtig Fuß fassen, ist im Milieu der Teufel los.«

»Schadet doch nichts«, antwortete Mottenpaule mit schiefem Grinsen. »Ist doch 'ne ausgesprochene Wachstumsbranche. Da muß doch was zu verdienen sein.«

Schimanski lachte. »Für andere vielleicht, für einen wie dich wohl kaum.«

Paul Nieber richtete sich ein wenig auf. Er war höchstens ein Meter fünfundsechzig groß, dünn, ja ausgemergelt. Seine Gesichtshaut wirkte ledern und hatte eine ungesunde gelbe Farbe. Die Backenknochen standen weit vor, und die wässrigen dunklen Augen lagen deshalb in tiefen Höhlen. »Ich bin so gut wie jeder andere.«

Schimanski hob die Hände. »Klar, aber das ist doch gar keine Frage, jeder neue Boß bringt seine Leute mit. Stimmt doch, oder? Wenn er was drauf hat, heuert er hier niemand an, den er nicht kennt. Könnte ja immer auch 'n Polizeispitzel sein!«

»Du Aas«, giftete Mottenpaule, »das hat man nun davon, daß man dir gelegentlich was zukommen läßt.«

Schimanski bestellte ein Bier und einen Korn für Mottenpaule. »Jetzt mal im Ernst«, sagte er dann, »da steckt unheimlich was für dich drin, wenn du uns einen brauchbaren Tip lieferst.«

»Nicht so laut!« Paul sah sich ängstlich um.

»Du weißt ja, wie du mich erreichst«, sagte Schimanski und legte Geld auf den Tisch.

»Die Monika und die Uschi...«, sagte Mottenpaule wie von ungefähr. Schimanski, der schon zwei Schritte Richtung Tür gegangen war, fuhr herum. »Ja?«

»Ich dachte, du bist wegen denen unterwegs.«

»Bin ich auch – unter anderem.«

Schimanski kehrte an den Tisch zurück. Paul blinzelte ihn an, ohne weiterzusprechen.

»Nu mach schon!« herrschte ihn Schimanski an.

»Wieviel?«

»Kann ich erst sagen, wenn ich weiß, was du zu bieten hast.«

»Die sind bei Toni-Bär ausgestiegen!«

»Das kostet aber nicht gleich das Leben.«

»Es sei denn, man weiß, daß Toni mehr ist als ein Zuhälter.«

»Du kannst mir doch nicht weißmachen wollen, daß die Mädchen den Bär unter Druck gesetzt haben.«

»Weismachen will ich dir gar nichts, Schimmi. Prüf's halt nach!« Schimanski schlug Paule auf die Schulter, daß der leicht in die Knie ging und theatralisch zu husten begann.

Ein grauer Dunstschleier hing in der Gasse. Der Nebel drängte vom Hafen herauf in die engen, zum Teil noch gepflasterten Straßen. Schimanski ließ den Wagen stehen und ging zu Fuß. Eine kleine Nutte sprach ihn an. Er winkte ab, trat dann aber doch näher. »Wie alt?« fragte er.

»Alt genug!« antwortete sie schnippisch.

»Dafür ist man nie alt genug.« Schimanski ging weiter. Das Mädchen schrie ihm nach. »Fick dich doch ins Knie, du Wichser!«

Schimanski stieß die Tür zu einem Altbau auf. Die Fassade war heruntergekommen, aber das Treppenhaus, erst kürzlich renoviert, machte einen fast noblen Eindruck. Leise Musik klang aus unsichtbaren Lautsprechern. Mozarts ›Kleine Nachtmusik‹.

Schimanski stieg in den zweiten Stock hinauf. Unter einem glänzenden Metallschild mit der Aufschrift ›Verwaltung‹ drückte er auf die Klingel. Er hörte Schritte und sah dann, wie der kleine, runde Spion plötzlich ein wenig dunkler wurde, als ob ein Schatten draufgefallen wäre. Die Tür ging einen Spalt auf, und eine dunkle Stimme sagte: »Das kann nichts Gutes bedeuten!«

»Mach auf!« befahl Schimanski grob.

»Hast du einen Durchsuchungsbefehl?«

»Das heißt Durchsuchungsanordnung, und ich habe sie nicht.«

»Du solltest mich also bitten, Schimanski!«

»Bei Gefahr im Verzug kann ich mir den Zutritt erzwingen.«

Er faßte nach seinem Hosenbund. Aber da, wo er seine Dienstwaffe zu tragen pflegte, war nichts.

Die dunkle Frauenstimme lachte leise die Tonleiter hinauf. Aus den Lautsprechern, aus denen gerade noch Mozarts ›Kleine Nachtmusik‹ geklungen hatte, kam jetzt ein Beatles-Schlager – ›Hey Jude‹.

»Ich bitte dich herzlich, mich hereinzulassen«, sagte Schimanski. Die Tür öffnete sich. Mona trug einen bodenlangen Kimono, auf dem sich ein Drache mit zwei Köpfen räkelte. Jeder Kopf lag auf einer von Monas großen, schönen Brüsten.

»Ist Toni da?«

»Den habe ich seit vierzehn Tagen nicht gesehen.«

Schimanski durchschritt den achteckigen Flur und stieß die Tür zu einem aufwendig eingerichteten Büro auf. Zwei Schreibtische in L-Form stießen mit ihren breiten Fronten gegeneinander. Auf einem Regal aus Plexiglas stand ein Home-Computer.

»Gerdie wäre gerade frei«, sagte Mona.

»Danke, ich hatte schon auf der Straße ein Angebot, das ich abgelehnt habe.« Er ließ sich müde in einen Sessel fallen. Mona blieb an der Tür stehen. Sie hatte ihr dikkes blondes Haar im Nacken zu einem Knoten zusammengesteckt. »Was willst du?«

»Uschi und Monika haben so etwas wie ein Testament hinterlassen.«

»Die beiden haben nicht für uns gearbeitet.«

»Nein?«

Schimanski stand schnell auf, ging zu dem Computer und gab mit der rechten Hand die Namen Ursula von Berg und Monika Kilgus ein, während er mit dem linken Arm Mona daran hinderte, den Terminal auszuschalten. Zu beiden Namen erschienen eine Menge Daten auf dem Bildschirm. Schimanski drückte auf ›Print‹ und drehte sich dann voll zu Mona hin, um sie mit beiden Armen abwehren zu können. Er fühlte ihren vollen Körper unter der glatten Seide. Was wie ein Kampf begonnen hatte, drohte in einer Umarmung zu enden. Schimanski löste sich. Der Drucker ratterte wie ein schallgedämpftes Maschinengewehr.

»Seit wann kannst du mit einem Computer umgehen?« sagte Mona ein wenig außer Atem.

»Seit ich in Hiltrup auf einer Spezialschulung war.«

Er riß den breiten Papierstreifen ab und warf einen Blick darauf. »Nicht schlecht«, sagte er, »so viel verdient unsereiner noch nicht mal, wenn er Präsident wird.«

»Das wär' nicht schlecht. Wir könnten ja eine Kampagne starten: ›Schimanski for President‹.«

»Wer, wir?«

»Na wir alle, die wir dir so viel zu verdanken haben – Toni zum Beispiel, der verdankt dir viele Jahre Knast.«

»Verdient hätte er 20 – und so, wie es jetzt aussieht, lebenslänglich.«

Mona wurde bleich. Unvermittelt tauchten kleine Schweißperlen zwischen Oberlippe und Nase auf. »Sag sowas nicht. Nicht mal im Spaß«, stieß sie hervor.

»Ich sage sowas nie im Spaß!« Schimanski ließ sich wieder in den Sessel fallen. »Also, wo war Toni am Sonntag zwischen 21 und 23.30 Uhr.«

»Bei mir.«

»Allein?«

»Mhm!«

»Was habt ihr gemacht?«

»Wir haben zusammen geschlafen.«

»Von 21 Uhr bis 23.30 Uhr – alle Achtung!«

»Unter anderem. Und wir haben gespielt.«

»Schach?«

»Backgammon!«

»Ach ne!«

»Was ist denn daran so komisch?«

»Nichts – nur daß es zur Zeit mein Lieblingsspiel ist.«

»Das größte Zockerspiel, schlimmer als Poker«, sagte Mona.

»Jeder Stein ein Schein – ich weiß!« Schimanski sah sich um.

»Wo ist das Brett?«

»Bei Toni.«

»Ach, wohnt er nicht mehr hier?«

»Ne.«

»Zoff?«

»Er hat zu oft verloren.«

»Beim Backgammon?«

»Da auch!«

Schimanski stand auf und trat zum Fenster. Der Nebel hatte zugenommen. Die Normaluhr auf der anderen Straßenseite war kaum zu erkennen. Was er durch den grauen Dunst entziffern konnte, las sich wie 11.45 Uhr. Er wandte sich um. »Sieht schlecht aus für Toni«, sagte Schimanski.

»Er hat ein lupenreines Alibi.«

»Das meine ich nicht. Aber wir bekommen Zuzug in der Stadt.«

»Aha.« Mona versuchte desinteressiert zu wirken.

»Die ganz großen Dealer. Da ist einer wie dein Toni-Bär bald nur noch ein Handlanger oder tot.«

»Willst du mir Angst machen, Schimmi?«

»Klar, ich hab' ja selber welche.«

»Bleib da. Ich weiß ein Mittel dagegen.«

»Ich auch«, Schimanski ging zur Tür. »Übrigens ruf den lieber nicht an, den Toni, ich kann nicht ausschließen, daß man diesen Anschluß überwacht.«

Er ging schnell hinaus.

Im Treppenhaus kam ihm ein Mann um die 50 entgegen. Er machte hastig kehrt und sprang, so schnell er konnte, die Stufen hinunter. »Kein Grund zur Panik, Herr Regierungsrat«, rief ihm Schimanski lachend hinterher. Aber das hörte der Mann im grauen Anzug schon nicht mehr.

»Das wußte ich, daß du noch mal kommst.« Hanna schloß gerade die Tür ihrer Kneipe, als Schimanski um die Ecke bog und sich mit einem leisen »Hallo« neben sie stellte. Hanna schnupperte. »Du riechst, als ob du aus dem Puff kämst!«

»Stimmt, aber woher weiß eine stellungslose Hauptschullehrerin, wie's im Puff riecht?«

»Intuition!« Hanna hakte sich bei ihm ein. Sie gingen ein Stück weit stumm nebeneinander her. Fast ein wenig beklommen fragte Hanna nach einer Weile.

»Was hast du mit mir vor?«

»Ich bringe dich nach Hause.«

»Und dann?«

»Geh' ich auch nach Hause!«

»Gleich?«

»Auf der Stelle!«

»Aus dir werd' ich nicht schlau«, sagte Hanna.

»Ich werd' ja nicht mal selber aus mir schlau«, gab Schimanski zurück.

Unter der Haustür gab er ihr nicht mal einen Kuß. Er blieb noch eine Weile auf der Straße stehen, und als im Dachstock das Licht hinter einem Fenster aufflammte, empfand er so etwas wie Sehnsucht.

II

Thanner saß schon an seinem Schreibtisch, als Schimanski am anderen Morgen das Büro betrat. Thanner schaute auf. »Der Herr Kollege, dem du zugeordnet bist, wartet schon auf dich.«

»Prima!« Schimanski zog ein Fischbrötchen aus der Tasche seiner grauen Jacke. Thanner schnüffelte.

»Der Toni hängt in der Nuttengeschichte drin«, sagte Schimanski.

»Anton Keller, meinst du – der Toni-Bär?«

»Mhm«, Schimanski kaute mit vollen Backen.

»Daß du nicht zu Hause frühstücken kannst wie ein normaler Mensch«, räsonierte Thanner.

»Zu Hause finde ich kein sauberes Messer mehr. Am Wochenende mach' ich mal klar Schiff.«

»Wenn dich dein neuer Chef nicht braucht«, sagte Thanner süffisant.

»Hat sich was mit Chef. Wo ist er überhaupt?«

»Er hat ein Zimmer gleich neben Königsberg. Maunz mußte solange zu Schneider umziehen.«

»Und das läßt sich der gefallen?«

»Du scheinst immer noch nicht begriffen zu haben, daß es hier nach dem System ›Befehl und Gehorsam‹ geht.«

»Ich fürchte, das werde ich auch nie begreifen.« Schimanski wischte die Finger an seinen Jeans ab, ging zu einem kleinen Aktenbock neben dem Schreibtisch und beugte sich über ein aufgeklapptes Backgammon-Spiel.

»Du spielst das zu vorsichtig«, sagte Schimanski über die Schulter, »keinerlei Mut zum Risiko. Keine Angriffslust.«

»Dafür kommst du nicht durch.«

»Weil du mauerst!«

»Natürlich, das ist wie beim Fußball. Man kann entweder mehr Tore schießen als der Gegner oder weniger kriegen als er.«

Die Tür öffnete sich geräuschlos. Tumler trat ein. Schimanski, der gerade das Würfelpaar gegen die Brettumrandung warf, bemerkte ihn nicht. »Dieser Lackaffe aus Wiesbaden...« Thanner hüstelte angestrengt. Schimanski schaute über die Schulter.

»Guten Morgen«, sagte Tumler kühl, »ich hatte eigentlich erwartet, daß Sie sich bei mir melden, Kollege Schimanski.«

»Ach, Sie erwarten, daß ich morgens Meldung mache?«

»Ohne Strammstehen natürlich«, gab Tumler ohne Zeichen irgendeiner Gemütsbewegung zurück.

Schimanski sah Thanner an und sagte: »Also, Toni mischt offensichtlich in einer größeren Sache mit. Mona hat eindeutig Angst, und ich verwette meine Jacke, daß sein Alibi nicht stimmt.«

Thanner sah Tumler an. »Seine Jacke ist dem Schimmi heilig!« Tumler trat zu dem Backgammon-Spiel, beugte sich darüber und sagte: »Ein Verteidigungskünstler und ein stürmischer Angreifer. Das geht meistens für den Angreifer schief.«

Schimanski sah ihn überrascht an. »Verstehen Sie was davon?«

»Ich hab's in der Türkei gelernt!«

»Wann..., ich meine, wann waren Sie denn in der Türkei?«

»In der Zeit zwischen 1969 und 1971, aber erinnern Sie mich lieber nicht daran.«

»Ich auch... ich meine, ich war um diese Zeit auch mal da unten.« Schimanski wirkte plötzlich aufgeregt.

»Als Tourist?« fragte Tumler.

»1969 – Mann, da mußte ich noch schwarz Straßenbahn fahren – wenn ich sie nicht gerade blockiert habe!« Schimanski grinste Thanner an. »Als Tourist!«

»Na ja, irgendwie müssen Sie ja hingekommen sein!«

»Ja logo.« Schimanski hielt den Daumen hoch.

»Per Anhalter?«

»Tja sicher!«

Tumler beugte sich wieder über das Spiel. »Ich würde gerne mal eine Partie...«

Thanner sagte schnell: »Nichts lieber als das. Ich spiele sowieso nicht gern. Sie können in die Partie einsteigen.«

Tumler musterte erneut den Stand der Steine. »Seien Sie mir nicht böse, Kollege Thanner, aber ich würde lieber eine neue Partie spielen.«

Thanner war ein ganz klein wenig beleidigt. »Bitte!« sagte er.

»Gebongt!« Schimanski nahm das Brett und klappte es so zusammen, daß alle Steine gegen die Scharnierbretter kullerten.

»Ihr Einsatz?«

»Sie spielen um Geld?«

»Dachten Sie um Murmeln? Jeder Stein ein Groschen.«

»Da kann man ja richtig sein Glück machen«, höhnte Schimanski.

»Man wird nicht reich dabei«, konterte Tumler mit einem leisen Lächeln, »aber man verarmt auch nicht.«

»Okay, okay – gehen wir's an.«

»Später. Wir müssen los! Kommen Sie!«

Schimanski folgte Tumler, und erst als er an der Tür war, merkte er, daß er vergessen hatte, sich zu ärgern.

Schimanski steuerte den Dienstwagen. Tumler blätterte einen schmalen Aktenordner durch. Er wendete jedes Blatt mit großer Sorgfalt um und strich es dann glatt.

»Hier«, sagte er nach einiger Zeit, »Grüber, Arnold Grüber, Ex- und Import.«

»Steckt der mit drin?« fragte Schimanski.

»Bergstraße 7.« Tumler klappte den Ordner zu. »Schwer zu sagen. Bisher konnte man ihm nichts nachweisen. Aber es gibt da einen Bericht«, er schlug den Ordner wieder auf und ließ die oberen rechten Ecken der Seiten durch seine Finger laufen, bis er das Gesuchte fand. »Ein Under-Cover-Mann, den wir eingeschleust haben, sagt, letzten Monat sei eine Ladung Schleif- und Fräsmaschinen nach Persien abgegangen. In Wirklichkeit habe es sich aber um Bazookas und Maschinengewehre gehandelt.«

»Ist der hier – dieser Under-Cover-Agent, meine ich?«

»Weiß nicht. Ich kenne ihn gar nicht.«

»Obwohl Sie in dem Fall selber ermitteln?«

Tumler lachte leise. »Gerade deshalb vermutlich.«

Die Bergstraße war eine schmale Gasse im Hafengebiet. Nicht weit von Monas Etablissement. Eine verlorene Gegend.

Schimanski stellte sein Auto schräg auf den Gehsteig, sprang aus dem Wagen und warf die Tür zu, ohne sie abzuschließen.

Er war schon an der Haustür des Gebäudes mit der Nummer 7, als Tumler die Beifahrertür zudrückte. Das Haus sah unscheinbar und vergammelt aus. Vermutlich war es in den Fünfzigerjahren gebaut worden, und es hatte noch immer den gleichen Verputz. Das Innere des Gebäudes kontrastierte stark zu der Fassade. Ein tiefer roter Veloursteppich dämpfte die Schritte auf den Treppenstufen. Die Decke war verspiegelt. An den Wänden hingen Nachdrucke alter Weltkarten.

Grüber residierte im ersten Stock. Er war mittelgroß, mittelschlank, trug einen unauffälligen grauen Anzug und eine hellrote Krawatte. Arnold Grüber wirkte so unscheinbar, daß man vergaß, wie er aussah, sobald man ihn aus dem Blick verlor. Und er war von ausgesuchter Höflichkeit. Seine Sekretärin, eine sanfte, verblühte Schönheit in weißer hochgeschlossener Bluse und einem wadenlangen Plisseerock, machte in einer imponierenden Espressomaschine frischen Kaffee für die Herren von der Polizei. Grüber versicherte unterdessen, daß er alles in seinen schwachen Kräften Stehende tun werde, um die Ermittlungen Tumlers zu unterstützen. Bereitwillig legte er alle Geschäftsunterlagen auf den Tisch. Ja, gab er zu, er arbeite auch mit Mercier zusammen, kenne ihn aber nicht. »Unsere Branche ist, wie soll ich sagen, nun... äußerst diskret!«

Nur an einer Stelle des Gesprächs änderte sich sein einschläfernder Tonfall. Er hatte immer wieder zu Schimanski hingesehen, der am Fensterbrett lehnte, die Kaffeetasse in der Hand und sichtlich gelangweilt.

»Jetzt weiß ich's!« rief Grüber, »Schimanski – ich hätte gleich drauf kommen müssen. Mordkommission, nicht wahr? Sie haben ein paar Mal ganz schön Aufsehen erregt. Aber das verstehe ich nicht... warum... äh... in welcher Funktion sind Sie nun hier?«

»Als Schlappenschammes von Herrn Tumler«, antwortete Schimanski mit unfreundlichem Grinsen.

»Wie? Ach so. Ach ja!« Grüber gab ein Zwischending zwischen Hüsteln und Lachen von sich.

Tumler hatte sich die ganze Zeit mit den Akten beschäftigt. Jetzt legte er seine schmale Hand auf eine Liste und sagte: »Da! Schleif- und Fräsmaschinen aus der abgewrackten Fabrik Steinhof.«

»Ja«, sagte Grüber schnell, »ein gutes Geschäft. Zur Zeit zerlegen wir eine Druckerei und eine Fabrik für Keramikmaschinen und liefern das Zeug nach Libyen.«

Tumler nahm die Brille ab und begann sie mit seiner Krawatte zu putzen. »Nun ist es aber leider so, lieber Herr Grüber, daß sich die Fräs- und Schleifmaschinen unterwegs in Bazookas und Maschinengewehre verwandelt haben – übrigens ebenfalls gebrauchte!«

Zum erstenmal empfand Schimanski so etwas wie Hochachtung für den Kollegen aus Wiesbaden.

Grüber hatte seine Haltung nicht geändert. Sein Gesicht war womöglich noch ausdrucksloser geworden.

Aber seine Hände umfaßten die Armlehne jetzt so fest, daß die Knöchel weiß hervortraten.

»Wer so etwas behauptet, sollte es tunlichst auch beweisen«, sagte er mit tonloser Stimme.

Tumler blieb gelassen. »Natürlich, wir haben nicht erwartet, daß Sie ein Geständnis ablegen.«

»Da es nicht wahr ist, wäre ein solches Geständnis nichts anderes als eine Lüge.«

»Solche Geschäfte sind äußerst sensibel«, sagte Tumler unbeeindruckt, »da ist es immer ein Fehler, wenn man sich seiner Leute nicht sicher sein kann.«

»Heißt das, ein Mitarbeiter hat mich beschuldigt?«

»Ich habe eine allgemeine Feststellung gemacht.« Tumler erhob sich. »Ich denke, wir sprechen uns noch.«

Auf der Straße sagte Schimanski: »Ist Ihnen eigentlich klar, daß Sie Ihren Under-Cover-Mann grade womöglich ans Messer geliefert haben?«

»Wir werden schon aufpassen«, antwortete Tumler obenhin, »ehe er verbrennt, bringen wir ihn in Sicherheit.«

»Einen Mann, den Sie gar nicht kennen? Mir wird ganz mulmig, wenn ich drüber nachdenke.«

Tumler schaute auf die Uhr. »Kann ich Sie zum Essen einladen?«

»Ob Sie Spesen machen oder ich...« Schimanski hob die Arme.

Schimanski fand die Tische zu klein und die Stühle zu schmal in dem Bistro, das Tumler zielsicher angesteuert hatte. Die knoblauchgewürzten Kalbfleischbällchen und der Kartoffelsalat allerdings schmeckten ihm.

»Was hat Sie denn in die Türkei getrieben damals?« fragte Tumler, nachdem sie sich eine Weile angeschwiegen hatten. Schimanski lehnte sich weit über die Stuhllehne zurück und bestellte ein Bier. Als er sich Tumler wieder zuwendete, hatte der einen seltsam gespannten Ausdruck im Gesicht.

»Ich war aus persönlichen Gründen dort«, sagte Schimanski. Er aß das letzte Fleischbällchen mit den Fingern und leerte das Bierglas, kaum daß es die Bedienung abgestellt hatte, fast in einem Zug. Die Finger wischte er an den Jeans ab, den Bierschaum im Schnauzbart mit dem Ärmel seiner Jacke. Der konnte lange fragen. Warum sollte er ausgerechnet diesem Lackaffen aus Wiesbaden erzählen, was er bislang noch niemand anvertraut hatte.

Warum sollte er ausgerechnet diesem windschnittigen Karrieretypen aus Wiesbaden erzählen, was außer seiner Mutter nur noch ein Mensch wußte. Selbst Thanner kannte seine Türken-Geschichte nur in groben Zügen.

Einen Augenblick lang sahen sich die beiden Männer in die Augen, als ob sie ihre Kräfte messen wollten. Dann lächelte Tumler. »Sie müssen mir's nicht erzählen.«

»Ne, bestimmt nicht, und ich tu's auch nicht.«

Sie hatten damals seinen Bruder hopsgenommen. Eberhard Schimanski (seine Mutter hatte bewußt deutsche Vornamen gewählt) war drei Jahre älter gewesen als er selbst. Ziemlich ruhig... bedächtig... manchmal langsam. Er sagte oft: »Ich muß erst nachdenken.«... Seltsam, daß er sich gerade jetzt daran erinnerte. Eberhard hatte immer Zeit für ihn gehabt, wenn er einen Rat brauchte... und Mut hatte er ihm gemacht. Rechtschaffen – ein altmodisches Wort, aber immer, wenn er an seinen Bruder dachte, fiel ihm dieses Wort ein. Rechtschaffen, das war sein Bruder gewesen... Das einzige, was ihn wirklich in Wut bringen konnte, das war, wenn einer ungerecht behandelt wurde und die anderen sich auch noch damit brüsteten. Und am Ende war Eberhard von solchen Menschen zugrunde gerichtet worden. Schimanski fuhr sich über die Augen.

»Haben Sie Geschwister?« fragte er Tumler.

»Nein, Sie?«

»Ich hatte einen Bruder. Er lebt nicht mehr.«

»Tut mir leid!«

Schimanski sah kurz auf. Wie glatt ihm diese Floskel von den Lippen ging.

»Als ich als ziemlich kleiner Junge schon von zu Hause abhauen wollte, hat mich mein Bruder am Bahnhof aufgestöbert. Und wissen Sie, mit welchem Satz er mich rumgekriegt hat, wieder nach Hause zu kommen?«

Tumler sah Schimanski aufmerksam an.

»Er hat gesagt: ›Sieh mal, auch andere Kinder müssen mit ihren Eltern leben.‹«

Tumler lächelte. »Tja«, sagte er, »seine Eltern kann man sich nicht aussuchen, das stimmt.«

Schimanski hätte sich gar keine anderen aussuchen wollen. Zumindest dachte er heute so. Sicher, sein Vater hatte sich nach dem Krieg irgendwann abgesetzt.

»Wir waren uns fremd geworden.« Mit diesem lapidaren Satz pflegte die Mutter zu erklären, was damals geschehen war. Sie hatten niemals wieder etwas von Georg Schimanski gehört. Als er Thanner die Geschichte einmal erzählt hatte, hatte der gesagt: »Warum suchst du deinen alten Herrn nicht – wozu bist du Kriminalist geworden...?«

Seitdem hatte Schimanski manchmal darüber nachgedacht, ob er nicht versuchen sollte, den verlorenen Vater ausfindig zu machen. So schwierig konnte das gar nicht sein.

»Tja«, sagte Tumler, »dann wollen wir mal wieder.«

Er legte Geld auf den Tisch und stand auf. »Kommen Sie?«

Als sie das Lokal verlassen hatten, sagte Schimanski:

»Wenn Sie mich nicht mehr brauchen, kümmere ich mich noch mal um meinen Nuttenfall.«

»Ich dachte, Königsberg hätte Sie davon entbunden.«

»Stimmt!«

»Aber Sie machen weiter?«

»Sicher! – Also, was ist?«

»Ich will Sie nicht hindern«, sagte Tumler mit einem dünnen Lächeln.

Schimanski ließ den BKA-Mann grußlos stehen. Zu Fuß ging er in die Hafengegend.

Paul Nieber wohnte in einer Baracke dicht beim Schrotthafen.

Und Schimanski wußte, daß er den kleinen Spitzel dort antreffen würde. Gewöhnlich ging Mottenpaule nicht vor der Abenddämmerung aus dem Haus.

»Ich habe dir gesagt, du sollst nicht hierher kommen«, empfing Paul den Kommissar.

Die Wohnung war eine Überraschung. Mottenpaule hielt penibel auf Ordnung. Die einfachen Möbel waren gepflegt, der Fußboden blitzblank, selbst die Fenster waren erst kürzlich geputzt worden.

»Du könntest bei mir auch mal saubermachen«, sagte Schimanski.

»Was willst du?« Paul war noch immer sauer.

»Was haben die beiden Mädchen gewußt?«

»Ursel und Monika?«

»Du weißt doch genau, wen ich meine!«

»So eng bin ich mit dir nicht, daß ich mich in Lebensgefahr bringe.«

»Sagt dir der Name Arnold Grüber etwas?«

»Mir?«

»Hör auf, den Doofen zu spielen, ja!«

»Ich denke, Ursel und Moni hat er etwas gesagt.«

Mottenpaule ging in die Küche und kam mit zwei Bierflaschen wieder. »Die haben einen Fehler gemacht, die zwei. Sie haben gemeint, sie könnten verkaufen, was sie wußten.«

»An wen?«

»An den, der zahlt.«

»Und wer wäre das?«

»Wenn ich's wüßte, hätt' ich vielleicht selber schon mal versucht, ein Geschäft zu machen.«

»Trotz Lebensgefahr?« Schimanski nahm einen kräftigen Zug aus der Flasche.

»Kommt immer drauf an, wie man sich schützen kann, verstehste!«

»Ich versuch's. Vielleicht kommen ja wir miteinander ins Geschäft.«

Paul Nieber lachte nur.

Aber Schimanski ließ nicht locker. »Du sagst, die Mädchen hätten etwas über Grüber gewußt.«

»Ich habe nur gesagt, daß denen der Name vielleicht etwas gesagt hat.«

»Das ist doch Kniefickerei, Mann.«

»Okay.« Mottenpaule gab sich einen Ruck. »Grüber und Toni sind dicke Freunde und vermutlich auch Geschäftspartner. Grüber hat Kohle, und Toni hat Leute für alle Gelegenheiten, wenn du weißt, was ich meine.«

»Und die Mädchen?«

»Grüber hat 'ne Schwäche!«

»So sieht der aber auch aus!«

»Ursel und Monika haben's gemacht!«

»Wir erfüllen auch Ihre ausgefallensten Wünsche«, zitierte Schimanski bitter.

»So isses«, sagte Paul Nieber lakonisch und verbesserte sich dann: »So war's.«

»Und wer erfüllt dem Grüber jetzt seine Wünsche?«

»Frag Toni.«

»Den muß ich erst mal auftreiben.«

»Im ›Manhattan‹. Das gehört ihm.«

»Toni? Seit wann?«

»Seitdem er einen Strohmann mehr hat – Geibel heißt der. Ziemlich neu in der Szene. So'n Karatetyp. Ich habe ihn erst einmal gesehen, und das langt mir dann auch.«

Schimanski stand auf. »War ja ein richtig ergiebiges Gespräch, Paul. Sagen wir dreihundert?«

»Siebenhundert!«

»Okay, ich sehe, wir denken beide an fünfhundert. Ich schreib' heute noch ein Protokoll, lass' es den Königsberg abzeichnen und bring' dir die Kohle.«

»Aber nicht hierher!«

»Ne du, natürlich nicht. ›Hottes Bar‹?«

»Gebongt!«

»Wann?«

»Na so wie gestern!«

Schimanski schlug Paul kräftig auf die Schulter und verließ die Baracke. Ein paar Straßen weiter winkte er ein Taxi ab und ließ sich ins ›Manhattan‹ fahren.

Schimanski stieß die Tür auf, hielt die Luft an und durchquerte den Raum, dessen samtrote Wände ohne Scheinwerfer zerschlissen und schmutzig aussahen. Nichts wirkt trister als eine billige Nachtbar am Tage. Ein Mädchen döste an der Bar. Sie protestierte nur halbherzig, als Schimanski eine Tür links von der Bühne aufstieß. Musik klang ihm entgegen – fetzige Rhythmen. Eine Frau tanzte barfuß auf einem teuren Teppich, der den Fußboden zwischen Tür und Schreibtisch bedeckte. Hinter dem Schreibtisch saß ein etwa 35jähriger Mann mit glatt nach hinten gekämmten, schwarzen Haaren. Er hatte ein ebenmäßiges Gesicht und sanfte braune Augen.

Götz George bei Dreharbeiten zu einem neuen »Tatort« in Marseille

Götz George mit seinem »Tatort«-Assistenten Tanner, gespielt von Eberhard Feik

Die Tänzerin brach ab. Sie trug ein Kostüm, das wohl früher einmal ein Vorhang gewesen sein mußte.

»Lassen Sie sich nicht stören«, sagte Schimanski.

»Ich bin schon gestört«, gab sie schnippisch zurück.

»Tja, ich weiß, Künstler sind sensibel.«

Die ganze Zeit hatte Anton Keller scheinbar teilnahmslos dagesessen. Jetzt sagte er mit einer tiefen, sanften Stimme. »Was suchst du, Schimanski?«

»Ein Backgammon-Brett!«

»Ich habe gehört, du hättest selber eins – in deinem Büro!«

Schimanski wandte sich an die Tänzerin. »Wenn Sie für ihn arbeiten wollen, müssen Sie vorsichtig sein. Manche Mädchen überleben's nicht!«

»Er hat einen ausgeprägten Sinn fürs Dramatische«, sagte Toni und lächelte dabei die Tänzerin an.

Auch Schimanski sah weiter die Frau an. »Zwei seiner Mädchen sind ihm draufgekommen, daß er mit einem gewissen Arnold Grüber Geschäfte macht. Der Grüber ließ sich gerne auf besondere Weise verwöhnen, aber darum ging's weniger, wenn man mal davon absieht, daß er wohl bei einer solchen Gelegenheit ein bißchen zu viel geredet hat.«

»Ich weiß nicht, warum Sie mir das erzählen!« sagte die Tänzerin.

Schimanski deutete mit dem Daumen über die Schulter auf Toni. »Damit er's hört!« Dann ging er zur Tür. Tonis Stimme hatte einen arroganten Ton, als er dem Kommissar hinterher rief: »Ausnahmslos üble Nachrede!«

Schimanski drehte sich noch einmal um. »Verklag mich Toni, sei so lieb!«

Tumler würfelte einen Viererpasch und verbaute geschickt drei Felder, indem er nacheinander vier Steine zog. Schimanski würfelte und erwischte prompt Zahlen, die ihn auf die besetzten Felder führten. »Verdammt«, knurrte er.

»Schwierige Situation«, sagte Tumler, »Sie können nicht fahren.« Er würfelte erneut und konnte seinen Vorteil ausbauen. Thanner, der den beiden zusah, sagte: »Ob das eine gute Idee war, den Toni-Bär so zu verunsichern?«

Tumler sah auf. »Haben Sie das?«

»Toni steckt mit Grüber unter einer Decke«, Schimanski würfelte. Er hatte Glück, und mit Geschick konnte er so fahren, daß er einen von Tumlers Steinen vom Brett nehmen konnte. »Den hätte ich niemals ungedeckt gelassen«, sagte Thanner.

»Du nicht, das stimmt«, Schimanski grinste fröhlich, denn nun war Tumler, der sich gerade schon auf der Siegerstraße zu befinden schien, weit zurückgeworfen.

»Wer ist Toni-Bär?« fragte Tumler.

»Ein Zuhälter, Falschspieler, Rauschgiftdealer – der King von Ruhrort, sozusagen. Grüber war ein Kunde von ihm – irgendwas Fetischistisches, ich habe nicht näher gefragt. Zwei der Nutten haben einen tödlichen Fehler gemacht: Grüber ausgehorcht und ihn nachher zu erpressen versucht. In Wirklichkeit hatten die natürlich keine Ahnung, auf was sie sich da eingelassen haben.«

Tumler ließ die Würfel aus der Hand gleiten. »Und woher wissen Sie das?«

»Tja, das sind die Ortskenntnisse, wegen derer man mich Ihnen zugeordnet hat«, antwortete Schimanski süffisant.

»Ein Informant?«

Schimanski nickte.

»Paul Nieber, Mottenpaule genannt«, sagte Thanner

und fing sich dafür einen ärgerlichen Blick Schimanskis ein.

»Da fällt mir ein, daß ich noch zur Kasse muß«, sagte Schimanski und verließ eilig den Raum.

»Sie kommen gut mit Schimanski zurecht?« fragte Tumler.

»Meistens«, antwortete Thanner.

»Wissen Sie, warum er damals in der Türkei war?«

»Ja, aber er will nicht, daß man darüber redet.«

»Irgend etwas Illegales?«

»Wenn Sie es illegal nennen würden, daß Schimanski sozusagen den eigenen Bruder aus dem Folterknast befreit hat...«

Thanner wendete sich angelegentlich seinen Akten zu.

Als Schimanski gegen sieben Uhr das Präsidium verlassen wollte, war plötzlich Tumler neben ihm. »Wenn's Ihnen nicht zu viel ausmacht, könnten Sie mir doch noch einen Einblick ins Milieu geben.«

Schimanski reagierte sauer. »Ich hab' Feierabend.«

»Ihren Arbeitstag wollte ich damit auch nicht verplempern.«

Tumler blieb neben Schimanski.

Sie fuhren zu Hanna. Das Lokal war voll. In einer Nische saßen Bernie und ein anderer Autonomer. Sie setzten sich zwei Tische weiter, tranken ein paar Bier, aßen Bouletten und schwiegen sich an. Endlich hielt es Schimanski nicht mehr aus. »Okay«, sagte er, »zeig' ich Ihnen das Innere dieser Stadt, aber gegen elf Uhr muß ich in ›Hottes Bar‹ sein, um meinen Informanten zu löhnen. Und dabei kann ich Sie nicht brauchen.«

Hanna trat an den Tisch und deutete mit dem Kopf zu den beiden Autonomen hinüber. »Die wollen dich sprechen, Horst.«

»Was denn, jetzt gleich?« Schimanski wechselte einen Blick mit Bernie.

»Ne, bei Gelegenheit«, sagte Bernie.

Hanna ging zurück zum Tresen. Tumler sagte: »Ihre Freundin?«

»Schön wär's«, antwortete Schimanski.

Sie zogen durchs Hafenviertel, wechselten jede halbe Stunde das Lokal und Tumler war sichtbar beeindruckt davon, wieviele Leute Schimanski kannten und ihn in einem seltsam vertrauten Ton ansprachen.

Kurz vor elf Uhr erreichten sie ›Hottes Bar‹. »Das war's dann«, sagte Schimanski, tippte mit dem Zeigefinger gegen die Stirn und ging in die Bar.

Tumler folgte ihm zwei Minuten später und stellte sich an einen der Stehtische. Schimanski entdeckte er an der Bar, und obwohl der ihm den Rücken zukehrte, merkte Tumler sofort, daß Schimanski äußerst nervös war. Plötzlich stieß er sich von der Theke ab, wirbelte herum, rannte durch den Raum und rempelte dabei links und rechts die Gäste aus dem Weg wie ein Eishockeyspieler, der auf das gegnerische Tor zuläuft. Tumler legte Geld auf den Tisch und folgte ihm.

Schimanski rannte. Tumler folgte in einigem Abstand. Der Weg führte durch verwinkelte Gassen. Sie erreichten ein Viertel, das saniert werden sollte. Einzelne Häuser waren schon abgerissen, andere wirkten wie abgewrackt. Von manchen Gebäuden standen nur noch einige Wände. Dazwischen Schutt, Steinhaufen, einzelne Raupenfahrzeuge, ein Kran. Schimanski lief sicher und gleichmäßig. Tumler, der sich schon seit Jahren mit einem speziellen Trainingsprogramm fit hielt, hatte keine Mühe, ihm zu folgen. Ein sanftes Mondlicht lag über den Trümmergrundstücken und ließ sie wie eine Geisterstadt erscheinen.

Schimanski erreichte Pauls Schuppen. Das Licht brannte. Unwillkürlich verlangsamte der Kommissar seine Schritte. Einen Augenblick lang blieb er zögernd stehen. Dann aber gab er sich einen Ruck. Die Tür war nur angelehnt und schwang nach innen auf, als er anklopfte. Noch immer hatte er Tumler nicht bemerkt, der nur wenige Schritte hinter ihm stand. Schimanski machte einen Schritt über die hohe Schwelle.

Mottenpaule lag auf dem Rücken, Arme und Beine seitlich von sich gestreckt, als ob er gekreuzigt worden wäre. Die Augen starrten angsterfüllt zur Decke. Mitten auf der Stirn sah Schimanski das Einschußloch. Es war nur wenig Blut herausgesickert, das eine kaum sichtbare Spur über die Stirn und die Schläfe hinab zum linken Ohr gezogen hatte. Schimanski kniete neben Mottenpaule nieder und drückte ihm die Augen zu.

Als er wieder aufstand und sich umwandte, sah er durch einen Schleier von Tränen Tumler in der Tür stehen. Er wunderte sich nicht darüber. Sachlich versuchte Schimanski zu sagen: »Es war ein aufgesetzter Schuß«, doch seine Stimme brach und strafte seine Sachlichkeit Lügen. Schimanski trat auf Tumler zu und bohrte ihm seinen Zeigefinger in die Stirn. »So muß ihm der Mörder gegenübergestanden haben, genau so. Paule hatte keine Chance. Er war garantiert völlig hilflos, wehrlos, wie gelähmt und hat – vor Angst schon fast tot – auf den Schuß gewartet. Hoffentlich nicht zu lange.«

Schimanski nahm den Finger von Tumlers Stirn und sagte: »Ich muß telefonieren, Spurensicherung, Tatortwagen bestellen. Und den Arzt. Und dann muß ich mich besaufen!«

»Lassen Sie mal«, sagte Tumler, »das kann ja vielleicht auch ich übernehmen.«

»Okay, dann knöpf' ich mir den Toni vor!«

»Halten Sie das für klug?«

»Der Kommissar vom Dienst hat die Durchwahlnummer 797!«

Schimanski ging mit schnellen Schritten davon, Kopf und Oberkörper tief nach vorne gebeugt. Man konnte ihm ansehen, wie schwer er daran trug, an Paules Tod schuldig zu sein.

In der Manhattan-Bar war Betrieb. Jetzt wirkte das Etablissement nicht mehr so trostlos, schmuddelig und heruntergekommen wie am Nachmittag. Eine Lichtorgel verwandelte selbst den billigsten Papiertinnef in glänzenden Flitter, Kerzen auf allen Tischen täuschten Gemütlichkeit vor. Auf der kleinen Bühne ließ eine nackte Tänzerin ihre Brüste synchron kreisen – erst links herum, dann rechts herum. Die Arme hatte sie dabei hinter dem Kopf verschränkt. Ihre Bewegungen wirkten bemüht und eher sportlich als sexy. Wenn sie hier nicht reüssierte, blieb ihr nur noch ein Engagement in einer Peepshow. Schimanski kannte genug solche Karrieren. Er hatte Mitleid mit dem Mädchen.

Niemand hielt ihn auf, niemand sprach ihn an. Schimanski durchquerte die Bar und stieß die Tür zum Büro auf. Am Schreibtisch saß Anton Keller, die Beine auf der Tischplatte, einen Zahnstocher im Mund. Auf seinem Knie ruhte ein Taschenrechner, den Toni mit geschickten Fingern bediente.

Wäre Schimanski in anderer Stimmung gewesen, hätte er vielleicht einen Witz darüber gemacht, daß Toni-Bär in Monas Etablissement doch einen Computer der neuesten Generation zur Verfügung hätte. Aber Schimanski schlug die Tür zu, ohne etwas zu sagen, und lehnte sich dagegen.

Toni hob die Augenbrauen, und seine braunen Augen

wirkten plötzlich höchst aufmerksam. »Schimanski – schon wieder?«

»Wer hat Paule erschossen?«

»Welchen Paule?«

Mit drei schnellen Schritten war Schimanski bei Toni, hob ihn ohne Mühe aus dem Sessel und beförderte ihn an die Wand neben der Tür. Auf dem Rückweg zum Schreibtisch zog der Kommissar seine ›Walther‹ aus dem Gürtel und richtete sie mit der rechten Hand auf Toni, während er mit der linken die Schreibtischschublade aufzog.

Toni protestierte lahm: »Das ist Hausfriedensbruch!«

»Ich habe dir schon mal gesagt: ›Verklag mich, Toni!‹«

Schimanski zog einen ganzen Stapel Pässe aus der Schublade und blätterte sie durch. Sie enthielten alle Personenangaben, Paßnummern und Dienstsiegel, aber keine Bilder.

»Warum mußte Paule dran glauben?«

»Du bist auf der falschen Fährte, Schimanski.«

»Paul Nieber hat eine Menge über dich gewußt, Bär – über dich und Grüber und über den Tod von Uschi und Monika. Ihr habt ihn zu spät erschossen.«

Eine Tür in Schimanskis Rücken öffnete sich. Er hatte diese Tür bisher nicht wahrgenommen. Auch jetzt sah er sie nicht gleich, denn ehe er sich umdrehen konnte, sagte eine scharfe Stimme mit hämischem Unterton: »Sieht aus, als würde ich gebraucht. Nicht umdrehen. Und legen Sie die Waffe aus der Hand!«

Schimanski legte die Pistole auf die Schreibtischplatte.

»Jetzt bitte.«

Schimanski drehte sich um. Das mußte Geibel sein, der Karatetyp, von dem Mottenpaule gesprochen hatte.

Toni grinste. »Wer mir was anhängen will, muß früher aufstehen, Schimanski.«

»Ihr habt immer die gleichen Sprüche drauf, Toni. Klingt unheimlich ausgeleiert.«

»Was jetzt?« fragte Geibel, und Schimanski fiel auf, daß die Frage eher fordernd als unterwürfig klang. Bodyguards redeten sonst anders mit ihren Bossen.

»Er ist Polizist«, sagte Toni, »Schimanski«, als ob dies etwas erklären würde.

»Also?« Geibel sah Toni fragend an.

»Ich gehe«, sagte der Bär, »und du hältst ihn hier zwei Stunden fest. Kannst ihm ja ein bißchen aus deiner Zeit in Frankfurt erzählen oder von deinen Großtaten auf Sankt Pauli!«

Toni umkreiste den Schreibtisch so, daß er außer der Reichweite Schimanskis blieb und griff in die Schublade. Er nahm eine schmale Ledermappe heraus, sammelte die Pässe wieder ein, und dann verschwand er durch die Tür zur Bar.

Geibel ging zum Besuchersessel vor Tonis Schreibtisch, nahm Schimanskis Waffe an sich und deutete mit dem Lauf seiner Pistole auf Tonis Stuhl.

»Nehmen Sie doch Platz, Schimanski.«

Der Kommissar ärgerte sich. Er war in die Falle getappt wie ein Anfänger. »Du solltest lernen, erst zu denken und dann zu handeln«, hatte erst kürzlich wieder Karl Königsberg zu ihm gesagt, aber Schimanski hatte auch anders rum schon eine Menge erreicht.

Plötzlich warf Geibel Schimanski dessen Waffe zu. Schimanski war so überrascht, daß er Mühe hatte, sie aufzufangen. Geibel sagte: »Türkenstraßen 18, Rückgebäude. Ein Flachbau. Früher war da mal 'ne Offsetdrukkerei drin.«

Schimanski schluckte. Was wollte der Typ? – Ihn leimen?

»Was soll das denn?«

»Dort finden Sie Toni jetzt.«

»Heißt das, Sie liefern ihn ans Messer?«

»Genau das.«

»Und warum?«

»Toni spielt hier eine Rolle, für die er ein paar Nummern zu klein ist.«

»Und Sie betrachten sich als seinen natürlichen Nachfolger?«

»Ich? Nein. Ich weiß genau, daß ich dafür so wenig tauge wie Toni.«

»Aha – und wofür taugen Sie?«

»Sehen Sie doch – ich sorge geräuschlos für Tonis Abgang – vorausgesetzt, Sie spielen mit.«

»Klingt verdammt arrogant.«

»Ein Ganove, der sich der Polizei bedienen kann – soll der nicht arrogant sein?« Geibel grinste breit. »Wir haben aus unterschiedlichen Gründen die gleichen Interessen, Schimanski.«

»Sieht so aus, ja!« Schimanski steckte seine Waffe in den Gürtel. Geibel hielt die seine noch immer locker in der Hand. »Türkenstraße 18«, wiederholte er, »Rückgebäude, Sie müßten dort genug Beweismaterial finden, um Toni für ein paar Jahre stillzulegen.«

»Von Ihnen unterschobene Beweismittel?«

»Das war nicht nötig. Aber Sie sollten sich nicht zu viel Zeit lassen, sonst müssen Sie vielleicht Interpol bemühen, um Toni zu fassen!«

Schimanski hatte es seit 14 Jahren mit Verbrechern zu tun. Es gab Phänotypen. Man begegnete den gleichen Figuren immer wieder. Aber dieser Geibel war eine Einzelausgabe. Da boten sich noch nicht einmal Parallelen an.

III

Von unterwegs hatte Schimanski Thanner angerufen. Der war gerade dabei gewesen, für sich und Hänschen ein Mitternachtsdiner zu servieren, eine ›Ente à l'orange‹. Hänschen hatte acht Tage Urlaub in seiner Heimat verbracht und war erst mit dem Elfuhrdreißig-Zug angekommen. Sie hatten es sich gerade so richtig gemütlich gemacht, da klingelte das Telefon – genau in dem Moment, als Thanner sein kulinarisches Meisterwerk mit einem selbstgefälligen »Voilà« auf den Tisch stellte. Etwas verspätet, es war schon halb ein Uhr.

Hänschen, der Holländer im Dienst der Duisburger Polizei, war zum Telefon gegangen und hatte es mit einem Scherz versucht. »Wir sind im Augenblick alle beschäftigt, bitte regen Sie sich nicht auf, Sie werden...«

Weiter war er nicht gekommen, denn Schimanski hatte ihn angeherrscht: »Ich habe keine Zeit für Witze – Mottenpaule ist erschossen worden, und jetzt hab' ich Toni an der Wand, aber ich brauch' euch alle beide und zwar sofort. Türkenstraße 18, ich erwarte euch am Durchgang zum Rückgebäude.«

Er hatte aufgelegt, ohne auf eine Antwort zu warten. Jetzt stand er fröstelnd in dem Durchgang und beobachtete die Schatten von drei Männern hinter den erleuchteten Fensterscheiben des Flachbaus. Die Gestalten eilten sichtbar in Panik hin und her.

Ein Auto kam die Straße entlang. Schimanski trat unter dem Torbogen hervor, weil er glaubte, es seien Thanner und Hänschen. Aber es war ein großer Citroën-Kombi, der mit überhöhter Geschwindigkeit auf die Durchfahrt zugeschossen kam. Schimanski konnte sich nur mit größter Mühe in Sicherheit bringen.

Der Wagen stoppte so hart vor dem Rückgebäude, daß er in den Federn nachwippte. Ein junger Mann sprang heraus. Toni erschien in der Tür und rief ärgerlich: »Wird aber auch Zeit, daß du kommst, ich hab's verdammt eilig.«

Die Tür blieb offen. Zu viert begannen die Männer dort drüben Kisten und Schachteln in den Wagen zu verladen. Schimanski sah nervös auf die Uhr.

Als Thanners Dienstwagen in einiger Entfernung ausrollte, atmete er erleichtert auf. Man begrüßte sich stumm, und Schimanski machte deutlich, daß er zunächst allein vorgehen wollte.

Thanner und Hänschen sollten ihm Deckung geben.

Toni trieb seine Leute zur Eile an. Er selbst schleppte die schwersten Kisten zum Kofferraum des Wagens. Ein leichter Wind war aufgekommen und wirbelte Blätter, Staub und Unrat durch den zugigen Durchlaß. Toni setzte gerade eine Kiste ab, als Schimanski neben ihn trat und ihn an der Schulter packte. Er wirbelte Toni einmal um seine Achse und warf ihn dann – Gesicht voraus – gegen den Wagen. »Beine breit! Hände auf das Wagendach!«

Im gleichen Augenblick zog einer von Tonis Männern seine Waffe. Thanners Stimme gellte über den nächtlichen Hof. »Waffe weg, oder ich schieße!«

Hänschen ließ sich fast gemütlich hören: »Macht keine Fisimatenten, Jungs, ihr seid umstellt.«

Schimanski zog zwei Pistolen und ein Schnappmesser aus Tonis Taschen.

Toni trommelte mit den Fäusten auf das Wagendach und schrie: »Scheiße, Scheiße, Scheiße!«

Alles danach war Routine. Hänschen hatte schon unterwegs ein Einsatzkommando angefordert. Eine Bereitschaft der Spurensicherung nahm die Arbeit auf. Uniformierte Beamte brachten Toni und seine Männer zum Präsidium.

Schimanski, Thanner und Hänschen gingen zu Hanna, bei der saß als letzter Gast Bernie, der Autonome, an einem Tisch in der hintersten Ecke. Er hatte Hanna gesagt, er wolle unbedingt Schimanski sprechen.

»Ich mach' gerade Schluß«, empfing Hanna die drei, begann aber trotzdem drei Halbe Bier zu zapfen. Zu Schimanski, der sich über den Tresen lehnte, um sie auf die Nasenspitze zu küssen, sagte sie: »Bernie will dir was sagen.«

»Jetzt gleich? Mitten in der Nacht?«

»Ich glaube schon!«

»Mir geht's verdammt dreckig«, Schimanski schaute zu Bernie hinüber, der gerade Münzen aus seinen Jeanstaschen kramte, um seine drei Bier zu bezahlen.

»Du bist sowas wie der Bulle seines Vertrauens«, sagte Hanna mit einem ironischen Unterton in der Stimme.

Schimanski stieß sich vom Tresen ab und griff nach einem der erst halbvollen Biergläser.

»n' Abend«, er ließ sich schwer auf seinen Stuhl fallen.

»Ich habe mich erkundigt«, sagte Bernie, ohne sich mit einem Gruß aufzuhalten. »Sie sollen in Ordnung sein, soweit...«

»Da hätteste mal besser Mottenpaule gefragt«, unterbrach ihn Schimanski bitter. »Also was liegt an?«

»Könnte dich das interessieren, wenn in ein Muni-Depot eingebrochen wird?«

Schimanski musterte ihn überrascht. »Willst du mich verarschen? Ihr werdet ja wohl kaum einen Einbruch bei mir anmelden.«

»Wer redet denn von uns? Wegen der Muni-Transporte... Wir sind ja da laufend dran. Und seit ein paar Tagen treiben sich da so'n paar Typen rum.«

»Du meinst, außer euch?«

»Ja, Typen, die nicht zu uns gehören. Und es sieht ganz so aus, als ob die was vorhätten.«

»Na und, da kannst du doch nichts dagegen haben!«

»Kommt drauf an, wer 's ist.«

»Ach, so ist das.«

»Ja, so ist das – Fuzzis von ganz weit rechts – Neonazis, Wehrsportgruppe oder so, die sich bewaffnen wollen zum Beispiel.«

Schimanski hatte wenig Geduld in dieser Nacht.

»Und das sind wohl solche?« fuhr er dazwischen.

»Wenn's dich nicht interessiert...« Bernie schnappte prompt ein.

»'türlich interessiert's mich. Du mußt schon entschuldigen. Ich hab' ziemlich Mist gebaut heute, und das hat einen Informanten das Leben gekostet – so sieht's wenigstens aus. Überleg's dir also noch mal.«

»Wie erreiche ich dich?«

Schimanski schrieb drei Nummern auf einen Bierfilz – seine private, die Dienstnummer und die von Hannas Kneipe.

»Wenn's los geht, melde ich mich«, sagte Bernie und stand auf.

»Paß auf dich auf«, sagte Schimanski.

Bernie grinste auf Schimanski, der am Tisch sitzen geblieben war, herab.

»Gemacht, Paps!«

An der Tür begegnete er Tumler und drückte sich rasch an ihm vorbei. Tumler rief zu Schimanski herüber: »Ich dachte, daß ich Sie hier antreffe«, und zu Hanna sagte er: »Ob ich auch so ein frisches Bierchen bekomme?«

Seufzend schob Hanna ein viertes Glas unter den Zapfhahn.

Die Kneipe ging bei weitem nicht so gut, daß sie ohne weiteres hätte ablehnen können.

Mit den Ergebnissen der Tatortuntersuchung und der Auswertung im Labor war nicht vor dem nächsten Morgen zu rechnen. Deshalb blieb Schimanski sitzen, bis Thanner, Hänschen und Tumler gegangen waren.

»Dieser Tumler ist mir unsympathisch«, sagte Hanna, als sie abschloß. »War er mir auf den ersten Blick auch«, Schimanski faßte nach Hannas Hand, »aber ich glaube, daß er 'ne ganze Menge drauf hat.«

»Das meine ich nicht. Auf mich wirkt er wie ein skrupelloser Karrieremacher.«

»Kann schon sein. Aber er hat was im Kopf.«

»Der Kopf ist der gefährlichste Körperteil«, sagte Hanna.

»Na hör mal, wer von uns beiden hat denn nun studiert? Die wahren Empfindungen sitzen im Herzen, im Zwerchfell und darunter. Habe ich gerade gelesen.« Dann zitierte Hanna: »Die Ultima ratio, also die letzte Vernunft, ist längst nicht mehr die Ratio, sondern ein Gefühl, oft aber auch weniger: ein Behagen oder Unbehagen. Gefühle sind nicht austauschbar in dem Sinne, wie man Argumente austauscht. Gefühle haben gegen andere Gefühle immer recht.«

Schimanski, der bisher nur gewartet hatte, bis Hanna mit ihrem Vortrag zu Ende war, weil er selbst etwas sagen wollte, horchte plötzlich auf.

»Sag das noch einmal!«

»Was denn?«

»Diesen letzten Satz. Den letzten Satz, den du gerade gesagt hast.«

»Gefühle haben immer recht.«

Schimanski nickte. Das gefiel ihm, aber Hanna wollte es ihm nicht so einfach machen. »Wer so denkt, kann mit dem anderen auch nicht mehr diskutieren oder ihn womöglich überzeugen.«

»Da hast du auch wieder recht.«

»Da hab' ich ein gutes Gefühl dabei, da hab' ich ein schlechtes Gefühl dabei... – mir wär's lieber, die Leute würden sagen, das verstehe ich, oder das verstehe ich nicht, das begreife ich nicht, oder das kapier' ich.«

»Früher habe ich manchmal versucht, Leute zu überzeugen«, sagte Schimanski noch nachdenklich.

»Und heute?«

»Heute...«? Schimanski unterbrach sich. »Ich hab' noch nicht darüber nachgedacht, aber ich hab' so ein Gefühl...«

Beide brachen in Gelächter aus.

»Du bist der Bulle mit Herz«, sagte Hanna, »Tumler ist einer mit Verstand. Du bist mir trotzdem lieber. Viel, viel lieber!« Schimanski sah sie überrascht an. Plötzlich wurde er sich bewußt, daß er sich wohl fühlte. Er wollte Mottenpaule und Toni vergessen, die Bilder von den übel zugerichteten Mädchen Uschi und Monika weit, weit zurückdrängen. Er dachte wieder an Eberhard. Damals hatte er oft dieses Gefühl der Vertrautheit gehabt. Bei ihm hatte er sich aufgehoben gefühlt. Zu Eberhard hatte er blindes Vertrauen gehabt.

Gegen seinen Willen sagte er genau das zu Hanna.

»Dein verstorbener Bruder, nicht wahr.«

»Ja. Er war drei Jahre älter – so einer, der immer wußte, was richtig ist.«

»Zumindest hast du das geglaubt, nicht wahr?«

Schimanski nickte. »Mit dir geht's mir so ähnlich.«

»So viel Verantwortung kann ich nicht übernehmen«, sagte Hanna ernst.

»'tschuldige.«

Schimanski ließ Hannas Hand los. Hanna blieb stehen,

baute sich vor ihm auf und legte ihm die Arme um den Hals. »Hör doch auf mit diesem Alles-oder-nichts-für-mich. Du bist so empfindlich. Gib mir einen Kuß!«

Schimanski kam der Aufforderung nach, wenn auch sehr flüchtig. »Und jetzt komm mit«, sagte Hanna.

Hannas Wohnung war klein – zwei Zimmer, Küche, Bad im Dachgeschoß eines Hauses aus der Jugendstilzeit. Sie hatte die Räume wohnlich eingerichtet – helles Holz, helle Polster, dicker Flokati-Teppich. Einfache Bücherregale an der Wand. Im zweiten Zimmer stand nur ein riesiges Bett.

Schimanski wollte sich in einen der Sessel fallen lassen, aber Hanna nahm ihn an der Hand und zog ihn ins Schlafzimmer. Sie küßte ihn auf den Hals und sagte: »Du riechst noch immer nach diesem Puff!« Dann fuhr sie mit ihrer Hand unter seinen Nicki. »Trägst du eigentlich nie Hemden?«

»Ne«, murmelte er, schon ein bißchen außer Atem, »dafür wechsle ich meine Wäsche täglich.«

Hanna entkleidete ihn vollends, trat einen Schritt zurück, betrachtete ihn ungeniert von oben bis unten, nickte anerkennend, als ob sie eine gelungene Schülerarbeit zu benoten hätte, und stieg aus ihrem Rock. Sie trug keine aufregende Wäsche, keine Strümpfe am Straps und keinen besonders gestylten BH, aber für Schimanski war es trotzdem wie ein Wunder oder doch wie etwas besonders Wunderbares – vor allem, weil sie so selbstverständlich aus ihren Kleidern stieg.

Sie war groß, die Hüften waren etwas zu breit, die Beine dagegen schlank, lang und sehr schön. Ihre Brüste wirkten schwer, standen dicht beieinander, und die Knospen drauf traten weit hervor.

»Nun?« sagte Hanna.

»Schön«, antwortete Schimanski. »Wirklich, du gefällst mir.«

»Mhm«, sagte Hanna lachend, »das kann ich sehen – mindestens dabei sind wir Frauen im Vorteil.«

Sie ließen sich aufs Bett fallen, lagen einen Augenblick lang wie gelähmt beide auf dem Rücken und wandten sich dann im gleichen Moment einander zu.

Hanna flüsterte: »Wenn die Frauen wüßten, was für zärtliche Hände du hast, wärst du verloren.«

»Sag's halt nicht weiter«, Schimanski küßte sie, lang, anhaltend und so oft, daß sie glaubte, er lasse keinen Quadratzentimeter ihres Körpers aus. Sie wollte noch sagen: »Ich glaube, du bist ein Systematiker«, aber sie brachte es nicht mehr heraus.

Als Schimanski am anderen Morgen ging, blieb er noch lange an der Tür stehen und schaute auf Hanna, die mit einem Lächeln im Gesicht noch tief und fest schlief. Dann ging er ins Wohnzimmer, faltete ein weißes Din-A-4-Blatt auf ihrem Schreibtisch in viele kleine Felder, schnitt viele Zettelchen daraus und schrieb auf jeden einen verliebten Gruß. Eine Viertelstunde brauchte er, um all' die Zettelchen in Hannas Wohnung zu verteilen. Sie sollte noch nach Tagen oder Wochen welche davon finden. Als er die Wohnungstür leise hinter sich ins Schloß zog, sagte er: »Du bist vielleicht ein Kindskopf, Schimanski!«

Er machte extra einen Umweg zum Präsidium, weil er sich noch eine Frist geben wollte.

Tumler saß am Backgammon-Brett. Thanner tippte auf der Schreibmaschine, als Schimanski den Raum betrat. Im gleichen Augenblick war der Zauber der vergangenen Nacht verflogen.

»Wie sieht's aus?« fragte Schimanski ohne Guten-Morgen-Gruß.

»Die Ergebnisse liegen noch nicht vor. Sieben Waffen sind gefunden worden, und zwei davon könnten die Mordwaffe sein«, sagte Thanner. »Außerdem hat Toni auf ziemlich viel Rauschgift gesessen, auf Falschgeld und auf gestohlenen Pässen.«

Ein übernächtigter Mann in einem weißen Mantel betrat den Raum. Ganz selbstverständlich wendete er sich direkt an Schimanski. »Wir haben die Waffe, mit der die Mädchen und Paul Nieber erschossen worden sind.«

»Der muß sich aber sicher gefühlt haben«, warf Thanner ein, »daß er die Mordwaffe nicht weggeschafft hat.«

»Vielleicht hat er ja gar nicht gewußt, daß er sie hatte«, ließ sich Tumler hören.

»Sie meinen, jemand könnte ihm die Waffe untergeschoben haben?«

»Geibel!« warf Schimanski ein. »Dem trau' ich alles zu.« Ein maliziöses Lächeln umspielte Tumlers Mund. Thanner funkelte den BKA-Mann an. »Ich möchte wissen, was Sie daran amüsiert.«

»Sagen wir mal so – die erste Idee ist selten auch schon die beste.«

»Mit Klugscheißern kommt man da auf jeden Fall nicht weiter«, knurrte Schimanski, »werd' ich Toni eben selber fragen.«

Es gab im Präsidium einen Verhörraum. Schimanski ließ sich die Tatverdächtigen sonst lieber in sein Zimmer bringen. Da er aber Tumler auf keinen Fall dabei haben wollte, bat er die Kollegen von der Bereitschaft, Anton Keller in den Verhörraum zu führen.

Das Zimmer war kahl und grau. Das Mobiliar bestand aus einem alten, häßlich gelben Bürotisch voller Risse und Schrunden und aus drei Stühlen. Schimanski zog es vor, ans Fensterbrett gelehnt stehen zu bleiben, wodurch er den düsteren Raum noch mehr verdunkelte.

Toni begann sofort mit einem Wortschwall: »Mein Anwalt sagt, morgen bin ich raus. Gegen mich liegt nichts vor. Meine Verhaftung ist 'ne Schikane – eine Schikane und weiter nichts.«

»Warum redest du eigentlich so viel, wenn du gar nichts zu befürchten hast?« fragte Schimanski.

»Daß ihr alles gegen unsereinen auslegt, egal, was man sagt, weiß ich schon lange.«

»Toni!« Schimanskis Stimme bekam einen einschmeichelnden Klang. »Toni – wir haben die Mordwaffe in allen drei Fällen: Ursula von Berg, Monika Kilgus und Paul Nieber. Und die Mordwaffe wurde bei dir gefunden.«

»Aber ich habe nicht geschossen!«

»Heißt das, du gibst zu, daß du die Waffe hattest?«

»Nein, verdammt noch mal«, schrie Toni, »das heißt es nicht!«

»Wie kommt die Pistole dann aber in deinen Aktenschrank?«

»Ich hab' doch ein Alibi, Schimanski!«

»Meinst du, daß ein Richter Mona glaubt?«

»Ich war bei ihr!«

»Sagt sie und sagst du!«

Erst jetzt setzte sich Toni an den Tisch. Er stützte seinen Kopf in die Hände. »Ihr wollt mich fertigmachen. Du hast mich sowieso schon lange auf dem Kieker, Schimanski.«

»Hör mal zu«, Schimanski setzte sich Toni gegenüber. »Niemand will dich reinreiten, Toni-Bär, aber ich muß den Mörder finden. Wenn du es nicht warst, obwohl alles darauf hindeutet, dann mußt du zumindest wissen, wer der Täter ist.« Toni schwieg. Schimanski verschränkte die Arme über der Brust.

Sein erstes Gespräch damals in Ankara – da hatte er sozusagen auf der anderen Seite gesessen, ihm gegenüber ein Hauptmann in einer frisch gebügelten Uniform. So macht- und hilflos hatte er sich nie wieder gefühlt in seinem Leben. »Alles spricht gegen Ihren Bruder, aber auch wirklich alles«, hatte der Hauptmann gesagt und dabei auf die verbindlichste Weise gelächelt. »Mein Bruder hat niemals Rauschgift genommen, und schon gar nicht hat er gedealt.« Das Lächeln schien auf dem Gesicht des Offiziers eingefroren zu sein: »Ich glaube, daß wir das besser beurteilen können.«

Alles sprach damals gegen Eberhard Schimanski.

Und jetzt sprach alles gegen Toni.

»Daß du kein Killer bist, nehme ich an«, sagte Horst Schimanski, »aber man muß nicht immer selber abdrücken, wenn man jemanden umbringen will.«

Toni richtete sich auf. »Ich hab' was vermittelt. Aber ich hab' nicht gewußt, daß es so ausgehen würde.«

»An wen hast du was vermittelt?«

»Ich muß mit meinem Anwalt reden.«

»Toni, wir verlieren Zeit!«

»Ich muß nachdenken, Schimanski!«

»Du mußt mir sagen, wie's gelaufen ist, Toni, oder es bleibt alles an dir hängen.« Anton Keller schüttelte den Kopf. »Ich kann ja beweisen, daß ich's nicht war, und *wann* ich das beweise, ist allein meine Entscheidung.«

Schimanski war ratlos. Er wußte, daß Toni im Augenblick so nicht beizukommen war. Also versuchte er's anders.

»Was glaubst du, warum hat dich Geibel verpfiffen?«

Toni lehnte sich zurück und verschränkte die Hände im Nacken. »Hat er das?«

»Na sicher – und das weißt du auch.«

»Vielleicht denkt er, er kann sich ins gemachte Bett legen.«

»Geibel ist aber ziemlich neu hier. Du hast ihn engagiert!«

»Ich hab' ihn genommen, stimmt.«

»Auf eine Empfehlung?«

»Darüber rede ich nicht.«

»Du wirst noch über alles reden; denn so wie's aussieht, machen sie dich zum Sündenbock, und dann schlachten sie den Sündenbock.«

»Ich bin noch lange nicht am Ende, Schimanski.«

»Das ist wie bei dem Mann, der von seiner Frau betrogen wird – er selber merkt's immer erst als allerletzter.«

Schimanski ging zur Tür. »So schnell kommst du nicht wieder raus, Toni. Bevor du nicht redest, bleibst du unter dreifachem Mordverdacht.«

Schimanski verließ das Vernehmungszimmer. Er ging nachdenklich die Treppe hinauf und durch den tristen, dunklen Korridor zu seinem Dienstzimmer zurück. Tumler saß schon wieder über dem Backgammon-Brett. Thanner saß aufrecht hinter seinem Schreibtisch und sagte gerade: »Niemals – ein Polizist darf niemals ein Spieler sein!«

Aber Tumler führte seinen Gedanken fort, ohne auf Thanners Einwurf zu achten.

»Das war im großen Saal des ›Sporting d'Hiver‹ in Monte Carlo. Weltmeisterschaft der Backgammon-Spieler. Können Sie sich das vorstellen, Thanner – 500 Spieler sitzen an langen Tischen vor ihren Brettern. Die Würfel – 500 Paar Würfel – klappern, klickern und klacken. Ein Lärm ist das...! Ein Buchmacher nimmt Wetten an. Ein Fernsehteam leuchtet die Szene aus. Und mancher von den Spielern kämpft nun schon seit zwölf und mehr Stunden. Hinter ihnen stehen die Leute, die auf sie gewettet haben. 10 000 Franc und mehr! Die Gewinnsumme für den Sieger beträgt 100 000 Dollar!

Da belauert man sich, arbeitet mit Tricks und Finten: Nur keine Schwäche zeigen, das wäre das Schlimmste. Manch einer, der glaubt, ins Finale zu kommen, und der auch hoch gewettet wurde, verliert schon in den ersten Runden gegen einen Neuling. Aus der Traum! Was bleibt ihm? Ein Zockerspiel! Er muß sich einen Gegner suchen, der bereit ist, pro Stein 100 Dollar oder mehr einzusetzen. Gespielt wird, bis einer drei Partien vor dem anderen liegt.«

Schimanski war unwillkürlich bei der Tür stehen geblieben. Fasziniert hörte er Tumler zu.

»Ich erinnere mich an ein Spiel«, fuhr Tumler fort, »das war in Nizza. Ein eiskalter Profi aus England trat gegen einen Italiener an, der als »Steamer« bekannt war – Steamer nennen die Backgammon-Profis Leute, die emotional rangehen, die explodieren, wenn's mal nicht läuft. Solche Spieler treffen ihre Entscheidungen impulsiv – ein Luxus, den man sich im Backgammon nicht leisten darf. Die beiden spielten damals um 500 Franc pro Punkt. Nach drei Stunden hatte der Engländer ein Plus von 45 000 Franc.«

Schimanski setzte sich hinter seinen Schreibtisch. »Ich glaube, ich habe den Beruf verfehlt.«

Tumler reagierte nicht auf den Einwurf.

»In Amerika wurde übrigens ein Musterprozeß geführt, in dem es darum ging, ob Backgammon ein Glücksspiel oder ein Kampfspiel ist. Die Richter waren der Meinung, daß der Intelligenzfaktor den Glücksfaktor weit übertreffe. – Backgammon ist wirklich ein Kampfspiel. Meine längste Partie dauerte übrigens 32 Stunden. Den Rekord sollen zwei Engländer halten, es heißt, sie hätten 87 Stunden ohne Pause gespielt. Der Vizeweltmeister, ein Deutscher übrigens, hat mal gesagt, ein solcher Kampf sei wie ein Marathon-Tennis-Match – ein Kampf Mann gegen Mann, jeder wartet, daß der andere einbricht, die Geduld oder die Nerven verliert oder einfach vor lauter Erschöpfung nicht mehr kann.«

Tumler würfelte und fuhr mit zwei Steinen. Dann sagte er: »Sie sind dran, Kollege Schimanski.«

Aber Schimanski winkte nur ab. »Irgend etwas stimmt nicht. Toni ist zwar nicht unbedingt eine Intelligenzbestie, aber so blöd ist er auch wieder nicht, daß er eine Pistole, mit der drei Leute umgebracht worden sind, in seinem Aktenschrank liegen läßt.«

»Geibel?« fragte Thanner.

»Halte ich immer noch für möglich!«

Tumler sagte: »Mir wäre es sehr recht, Kollege Schimanski, wenn Sie die Mordfälle Herrn Thanner überließen und sich dafür in die Akten vertiefen würden, die ich Ihnen gegeben habe.«

»Ich les' keine Akten«, Schimanski warf mit Schwung seine Beine auf den Tisch.

»In diesem Fall werden Sie dann wohl mal eine Ausnahme machen müssen.«

Schimanski ignorierte Tumlers Aufforderung. »Gruber steckt da mit drin«, sagte er langsam, »Grüber hatte nicht nur wegen der Nutten Beziehungen zu Toni. Ein Typ wie Grüber macht sich die Finger nicht selber schmutzig. Und Toni hat Männer für alle Fälle: Schläger, Einbrecher, wenn's sein muß auch Killer.«

»Verbrennen Sie sich mal bloß nicht«, warf Tumler ein.

»Man muß sich den Grüber mal vornehmen!« Schimanski stand auf und griff nach seiner Jacke.

Tumler sagte: »Bei Grüber unternehmen Sie nichts ohne meine ausdrückliche Zustimmung.«

Schimanski starrte Tumler an. So konnte Königsberg mit ihm reden, sonst aber niemand.

»Lecken Sie mich am Arsch, Tumler.« Schimanski ging hinaus und schlug die Tür hinter sich zu.

Thanner schaute Tumler an. Der war bleich geworden, eine bläuliche Ader an seiner Schläfe war weit hervorgetreten, seine Hände hatte er zu Fäusten geballt, und er atmete durch den halboffenen Mund. Als er wieder sprach, klang seine Stimme ruhig und beherrscht. »Hat die Reaktion Ihres Kollegen Schimanski etwas mit seinem Aufenthalt in der Türkei zu tun?«

»Vermutlich«, antwortete Thanner knapp und begann, in seinen Akten zu lesen.

Tumler nahm ein paar Aktenordner von Schimanskis Tisch und ging hinaus. Er schloß die Tür leise hinter sich.

IV

Schimanski nahm seinen Dienstwagen und fuhr in die Bergstraße. Er parkte seinen Wagen zirka 40 Meter vom Eingang zu Grübers Unternehmen entfernt. Es war kurz vor Mittag. Ein leichter Nieselregen ging nieder. Die schmale Straße wirkte öde.

Schimanski dachte: ›Vermutlich wird Tumler jetzt versuchen, Thanner auf seine Seite zu ziehen.‹ Aber Thanner gehörte zu den verläßlichen Menschen. Thanner war treu. So einer wie Eberhard. Schimanski brauchte diesen großen Bruder. Er hatte manchmal das Gefühl, ohne so einen Menschen könnte er nicht leben.

Schimanski wollte nicht daran denken und konnte sich trotzdem nicht dagegen wehren. Vierundzwanzig war er damals. Sechs Semester Jura hatte er schon hinter sich, aber er quälte sich durchs Studium. Es gab Wichtigeres für ihn, als ein staatstragender Jurist zu werden. Der politische Aufbruch, die neue Gesellschaft... Eberhard dachte im Grunde genauso, aber er war viel pflichtbewußter: »Wenn du anfängst mit dem Müßiggang...« Ja, tatsächlich, er hatte das Wort Müßiggang benutzt. Hätte nur noch gefehlt, daß er damals gesagt hätte »Müßiggang ist aller Laster Anfang«.

Und dann war er plötzlich weggewesen. Er hatte mit dem ›Institut für Zeitgeschichte‹ eine Studienfahrt in die Türkei gemacht. In Ankara war er dann verschwunden. Niemand wußte, ob freiwillig oder unter Zwang. Die Gruppe kam nach drei Wochen ohne Eberhard Schimanski zurück.

Das Gesicht seiner Mutter würde er nie vergessen. Ein Brief war gekommen von der deutschen Botschaft in der Türkei, übermittelt durchs Außenministerium in Bonn. »Herr Eberhard Schimanski hat uns um Rechtshilfe gebeten. Er sitzt im Sayna-Gefängnis in Ankara ein. Die Staatsanwaltschaft wirft ihm den Besitz von Rauschgift vor.«

Und dabei hatte Eberhard im Gegensatz zu den meisten seiner Freunde nicht mal gekifft. Wenn der Joint kreiste, verließ er den Raum, weil er glaubte, er könnte noch durch die Restmengen in der Atemluft high werden. Er aber wollte kontrolliert bleiben – immer und in jeder Lebenslage.

Und jetzt saß er in einem türkischen Knast.

Für Horst Schimanski war vom ersten Augenblick an klar gewesen, daß er da runter fahren mußte.

Grüber kam aus seinem Büro und stieg in einen großen Mercedes. Schimanski war froh darüber. Solange er etwas zu tun hatte, mußte er nicht an damals denken.

Vorsichtig folgte er Grübers Wagen. Der Exporteur fuhr auf dem direkten Weg zum Düsseldorfer Flughafen.

Schimanski parkte und folgte Grüber in die Halle. Er hielt sich nur kurz am Lufthansaschalter auf, die Bodenstewardeß schrieb etwas auf einen Zettel, den Grüber wortlos an sich nahm. Dann verschwand er Richtung Auslandsabflug. Schimanski beobachtete das alles von einem Versteck hinter einem drehbaren Zeitungsständer aus. Sobald Grüber außer Sichtweite war, ging der Kommissar an den Schalter und legte seinen Ausweis auf den Tresen. Die Bodenstewardeß reagierte sehr kühl. »Ja, bitte?«

»Der Herr, der eben bei Ihnen war – wo fliegt der hin?«

»Der fliegt nirgendwo hin.«

»Aha, und?«

»Was und?«

»Was hat er von Ihnen gewollt?«

»Die Code-Nummer für den VIP-Raum. Er besitzt eine VIP-Karte.« Schimanski strahlte sie an.

»VIP, das heißt doch, very important person, nicht wahr?«

»Ganz recht.«

»Und der Herr Grüber ist eine sehr wichtige Person?«

»Offensichtlich.«

»Tja, für mich auch. Geben Sie mir diese Sesam-öffne-Dich-Nummer doch bitte auch mal.«

»Tja, ich weiß nicht...«

»Aber ich«, Schimanskis blaue Augen leuchteten noch strahlender. »Ich bin zwar kein VIP, dafür aber bin ich bei der Polizei, und da nimmt man sich auch wichtig.«

Die junge Frau schrieb eine vierstellige Zahl auf einen Zettel und reichte ihn Schimanski, der sich artig bedankte und Richtung Auslandsabflug rannte.

Die Atmosphäre im VIP-Raum wirkte abstoßend auf Schimanski – gedämpftes Licht, Ledersitzgruppen, tiefer Veloursteppich, eine Bar, an der man sich selbst bedienen konnte.

An einem anthrazitfarbenen Schreibtisch saß ein hübsches Mädchen in einer häßlichen Uniform. Und in der hintersten Ecke erkannte Schimanski Grüber, der mit dem Rücken zur Tür saß.

Sein Gesprächspartner war ein äußerst eleganter, graumelierter Herr in einem Maßanzug aus grauem Flanell. Beide Männer hatten Aktenkoffer vor sich stehen, deren Deckel hochgeklappt waren.

Schimanski stand ein bißchen ratlos herum. Das Mädchen hinter dem Schreibtisch fragte im Flüsterton: »Kann ich irgend etwas für Sie tun?« Schimanski wollte sagen: »Alles!«, aber er schüttelte dann doch nur den Kopf und nahm sich einen Whisky mit Eis.

Vorsichtig versuchte er sich den beiden Männern zu nähern. Der Elegante schaute einen Augenblick auf und schloß dann den Deckel seines Aktenkoffers. Grüber und sein Gesprächspartner unterhielten sich so leise, daß nichts aufzuschnappen war, zumal auch aus den Lautsprechern eine säuselnde Musik kam – irgend etwas Populärklassisches, von vielen Streichern gespielt. Schimanski trank seinen Whisky rasch aus und verließ den VIP-Raum.

Er brauchte draußen nicht lange zu warten. Zehn Minuten später wurde die Swiss-Air-Maschine nach Genf aufgerufen. Der Elegante kam aus dem VIP-Raum und wandte sich Richtung Flugsteig. Schimanski folgte ihm, und als der Herr im grauen Flanell abgefertigt war, fragte Schimanski die Frau am Computerterminal, wer denn der ungewöhnlich gut aussehende Mann gewesen sei. »Also, Sie würde ich ja auch nicht gerade häßlich nennen«, antwortete sie kess.

»Danke, man gibt sich Mühe.«

»Naja, so sehen Sie dann aber auch wieder nicht aus.«

Ihr Blick streifte Schimanskis arg mitgenommene Windjacke, aus der er nun seinen Polizeiausweis kramte.

»Mein Gott und dann auch noch Polizist! Also: Er heißt Philippe Mercier und fliegt nach Genf. Er ist erst vor einer Stunde hier angekommen.«

»Kennen Sie ihn... ich meine, kommt er öfter auf so eine Stippvisite hierher?«

»Ich kann nicht sagen wie oft, aber immerhin oft genug, daß ich mir sein Gesicht und seinen Namen merken konnte.« Ein Fluggast hinter Schimanski ließ wissen, daß er nicht gewohnt sei, so zögerlich abgefertigt zu werden. Schimanski sah ihn an und stufte ihn sofort als Business-Tumler ein. Und deshalb drehte er sich auch noch mal zu der Stewardeß um. »Wann machen Sie denn Feierabend?«

»19 Uhr, aber ich bin schon verabredet.«

»Und morgen?«

»Morgen habe ich dienstfrei, da verlasse ich mein Bett den ganzen Tag nicht.«

»Naja, das müßte ja kein Hinderungsgrund...«

»Unglaublich«, tönte der Fluggast in Schimanskis Rükken, »ich werde das die Geschäftsleitung wissen lassen.«

Schimanski kümmerte sich gar nicht um ihn, sondern sagte zu der Frau: »Haben Sie eine Ahnung, warum immer mehr von der Sorte Karriere machen – früher war das anders!«

Aber die Stewardeß hatte ein gutes Gespür dafür, wann der Bogen überspannt war, und deshalb sagte sie plötzlich geschäftsmäßig und kühl: »Wenn Sie dann bitte mal den Fluggast vorlassen würden, Herr Hauptkommissar.«

Schimanski machte ihm mit einer übertriebenen Geste

Platz und sagte gleichzeitig zu der Stewardeß: »Sie haben mir wirklich sehr geholfen.«

Grüber kam wenige Minuten später aus dem VIP-Raum. Schimanski beobachtete, wie der Import-Export-Kaufmann den Zoll ohne Schwierigkeiten passierte. Man schien ihn dort zu kennen. Wesentlich mehr Mißtrauen hatten die Beamten gegen Schimanski, selbst dann noch, als er sich schon als Mitarbeiter der Kripo Duisburg ausgewiesen hatte. Als er endlich die Halle erreichte, mußte er eine Weile suchen. Schließlich entdeckte er Grüber an einem kleinen Imbißstand. Er unterhielt sich angeregt mit Geibel.

»Tja, manchmal findet ja auch ein blindes Huhn ein Korn«, sagte Schimanski später im Präsidium. Aber Tumler würdigte ihn keines Blickes. Er stand am Fenster und wandte Schimanski den Rücken zu. »So nicht, Herr Schimanski, so nicht«, bellte er. »Die Ermittlungen liegen in meiner Hand. Sie sind mir zugeordnet. Und ich denke überhaupt nicht daran, mir von Ihnen derart ins Handwerk pfuschen zu lassen.«

Schimanski sah Thanner an. »Ich weiß gar nicht, was er hat. Ist doch ein sauberes Recherchenergebnis.«

»Ihre Entgleisung von heute vormittag hatte ich noch hingenommen«, tönte Tumler vom Fenster her, »aber diese Art Amtsanmaßung geht nun doch ganz entschieden zu weit.«

»Amtsanmaßung«, Schimanski spuckte das Wort förmlich aus.

Thanner schaltete sich ein. »Nun muß ich aber doch auch mal sagen, es ist doch ganz bestimmt wertvoll zu wissen, daß sich Grüber auf dem Flughafen, sozusagen im Niemandsland, mit Mercier trifft und daß er Geibel anschließend Bericht erstattet.«

»Ich habe selbstverständlich gewußt, daß sich die beiden heute treffen«, sagte Tumler.

Schimanski und Thanner schauten sich überrascht an.

»Kann ich dann mal fragen, warum Sie mir das nicht gesagt haben?«

»Herr Schimanski«, endlich drehte sich Tumler um, »ich leite die Ermittlungen, und wie ich mit den erarbeiteten Erkenntnissen umgehe, liegt ganz alleine in meiner Verantwortung.«

»Wir arbeiten hier allerdings anders«, sagte Thanner. »Kollegialer würde ich mal sagen«, schob er noch nach.

»Die Tatsache, daß ich hier ermittle, heißt noch lange nicht, daß ich mir Ihre Methoden aneignen muß, Herr Thanner. Zumal dann, wenn der Fall eine derartige Größenordnung hat. Sie wissen, ich habe einen verdeckten Ermittler eingeschleust. So viel kann Schimanski gar nicht auf eigene Faust herauskriegen, wie der mir liefert – immer vorausgesetzt, wir stören seine Kreise nicht auf die dilettantischste Art und Weise.«

Thanner starrte Tumler böse an. »Der Fehler liegt bei Ihnen«, sagte er so sachlich wie möglich, »wenn Sie Schimanski nicht ordentlich informieren, müssen Sie damit rechnen, daß er auf eigene Faust loszieht. Königsberg hätte Ihnen sagen können, und vielleicht hat er es Ihnen ja auch gesagt, wie Schimanski zu arbeiten pflegt.«

Einen Augenblick maßen sich Tumler und Thanner mit Blicken, und jedem der beiden war klar, daß dies eine stumme Kampfansage war. Tumler wandte sich nun direkt an Schimanski: »Sie sind hier nicht in der Türkei, Schimanski!« Das hatte er sehr leise und mit schneidend scharfer Stimme gesagt. Schimanski fuhr zu Thanner herum und packte ihn am Revers. »Woher weiß er das?«

»Ein-Mann-Aktionen à la James Bond mögen damals und dort möglich gewesen sein« – Tumler hatte nun sichtlich Oberwasser, und sein schmaler Mund verzog sich auch schon wieder zu seinem süffisanten Lächeln – »aber hier und vor allem in diesem Fall sind nicht Draufgänger gesucht, die Delinquenten aus dem Knast heraushauen, sondern intelligente Ermittler.«

Schimanski ließ Thanner los.

»Übrigens, Herr Thanner hat mich sehr deutlich wissen lassen, daß ich von ihm nichts über die Sache erfahren werde«, fügte Tumler noch an.

Schimanski schäumte vor Wut. »Ich nehm' jetzt 'ne Auszeit«, sagte er. »Ich geh' fünf Minuten raus und dann komm' ich wieder rein. Und es kann sehr gut sein, daß ich Ihnen dann ein paar in die Fresse haue, Herr Kriminaloberrat.« Er verließ das Zimmer.

»War das nötig?« fragte Thanner fast beiläufig, während er sich an seinen Schreibtisch setzte und einen Bogen in seine Maschine einspannte.

»Es war nötig. Je früher der Kollege merkt, daß ich Eigenmächtigkeiten nicht dulde, um so besser.«

»Chef weist an, was?« gab Thanner ironisch zurück.

»Vorsicht, Thanner!«

»Oh, ich gehöre zu den vorsichtigsten Leuten in diesem Haus, machen Sie sich mal darum keine Sorgen.«

Thanner begann zu tippen. Als Schimanski wieder hereinkam, war er ein wenig ruhiger. »Ich werde Königsberg bitten, mich von diesem Auftrag zu entbinden«, sagte er nur.

Tumler war inzwischen ans Backgammon-Brett getreten und hatte gewürfelt. Dann sagte er aber plötzlich: »Entschuldigung, ich bin ja gar nicht dran.«

Schimanski ging hinüber, würfelte und hatte das Glück, seine Steine so setzen zu können, daß er Tumler blockieren konnte. »Ich war übrigens aus dem gleichen Grund wie Sie in der Türkei«, sagte Tumler und zündete sich eine Zigarette an.

Schimanski reagierte nicht darauf.

»Ich hatte allerdings weniger Glück als Sie. Mein bester Freund starb in seiner Zelle, und ich konnte nicht einmal nachweisen, daß er gefoltert worden war.«

Schimanski sah einen Augenblick hoch. Tumlers Gesicht hatte sich stark verändert. Wenn er nicht ein begabter Schauspieler war, hatte ihn eine tiefe Trauer überfallen. »Tut mir leid«, murmelte Schimanski.

»Ich hab's damals auf dem offiziellen Weg versucht.«

»Das habe ich nur zwei Wochen lang probiert. Und da wußte ich dann, daß ich's mit Sesselpupsern zu tun hatte, denen das Schicksal meines Bruders so wichtig war, wie das einer Ratte im Kanalsystem von Ankara.«

»Tja, mir haben die damals immer wieder Hoffnung gemacht. Später habe ich dann erfahren, daß außer ein paar wachsweichen Briefen, die der Konsul auf dem Amtsweg an den obersten Richter geschickt hatte, buchstäblich nichts passiert war.«

»Und woher wissen Sie es nun, warum ich da unten war?«

Es schien, als ob beide froh wären, daß sich das Gespräch nun plötzlich so entspannt anließ.

»Es ist bei uns üblich, sich über mögliche Mitarbeiter zu informieren, ehe man sich mit ihnen zusammentut.«

»Heißt das, es gibt eine Akte beim BKA über mich?«

»Nicht beim BKA.«

»Nicht? Wo denn dann?«

»Tut mir leid«, Tumler zuckte die Achseln.

Thanner, der mit steigendem Unbehagen beobachtete, wie der Streit versandete, sagte: »Das ist doch einfach. Da ruft man mal die Kollegen vom Verfassungsschutz an und bittet um Amtshilfe.«

Götz George in einer »Tatort«-Szene im Duisburger Hafen

Götz George in dem Schimanski-Spielfilm »Zahn um Zahn« mit Renan Demirkan

»Das haben *Sie* behauptet«, sagte Tumler mit einem schiefen Lächeln.

»Was dem Wahrheitsgehalt der Aussage keinen Abbruch tut«, erwiderte Thanner mit dem gleichen Lächeln.

Tumler sah zu ihm hinüber. »Soll ich Ihnen mal was sagen, Thanner – ich bin richtig froh, daß Sie mir nicht zugeordnet worden sind.«

Er würfelte, konnte aber nicht fahren. Schimanski übernahm die Würfel und konnte seinen Vorsprung weiter ausbauen.

Schimanski hatte noch versucht, Karl Königsberg zu sprechen, um sich von der Zusammenarbeit mit Tumler entbinden zu lassen. Als der Chef dann nicht zu erreichen gewesen war, war Schimanski gar nicht unglücklich darüber gewesen.

Jetzt saß er bei Hanna. Als sie ihm das erste Bier gebracht hatte, hatte sie sich kurz an ihn gelehnt und gesagt: »Da, ein Geschenk des Hauses.«

»Oh, danke, geht's dir gut?«

»Sehr.«

»Mir nicht, aber das hat nichts mit dir zu tun.«

Er aß Bouletten mit Kartoffelsalat, trank einen doppelten Korn und spülte ordentlich mit Bier nach. Plötzlich stand Tumler an seinem Tisch. Schimanski gab nur einen unartikulierten Grunzlaut von sich.

»Kann ich Sie einen Augenblick sprechen?« fragte Tumler.

»Wenn's unbedingt sein muß.« Schimanski zog seinen Teller und seine Gläser näher zu sich heran.

»Unsere Diskussion heute nachmittag war sehr emotionsgeladen«, begann Tumler, während er sich setzte. »Ich möchte das nicht so stehen lassen.«

»Was?«

»Sowohl das, was Sie gesagt haben, als auch meine Äußerungen. Ich gehe nämlich davon aus, daß wir gemeinschaftlich sehr weit kommen könnten.«

»Für mich ist diese Zusammenarbeit beendet.«

»Sie machen es sich zu einfach, Schimanski. Sie sind Beamter!« Schimanski lachte nur und nahm einen kräftigen Schluck, »Sie haben, wie jeder von uns, Ihren Diensteid geleistet.«

»Ja, ja.«

»Fühlen Sie sich nicht daran gebunden?«

»Natürlich fühle ich mich daran gebunden.«

»Na, also.«

»Was, na also, ich laß' mich entbinden... entbinden!! Ja, ich komm' neu auf die Welt und zwar – nicht mehr als Schlappenschammes von Kriminaloberrat Tumler.« Schimanski rülpste.

»Ich hatte eigentlich vor, vernünftig mit Ihnen zu reden«, sagte Tumler mit zusammengekniffenen Augen.

Hanna kam an den Tisch und nahm Tumlers Bestellung auf.

Nebenbei sagte sie zu Schimanski. »Schimmi, paß auf, am schlechtesten bist du, wenn du dir selber leid tust.«

Sie ging zum Tresen zurück. Schimanski sah ihr nach und sagte: »Hanna ist eine kluge Frau.«

»Also?« fragte Tumler knapp.

Schimanski holte tief Luft. »Ich will Ihnen mal was sagen, Tumler, wir zwei passen nicht zusammen. Ich habe Ihnen das doch gleich ganz am Anfang gesagt, mich kann man nicht zuordnen, mich kann man nicht einweisen, mich muß man arbeiten lassen. Und zwar nach meinem System.«

»Ihr System heißt wohl: Schimanski allein gegen den Rest der Welt.«

»Ach laß mich doch ... lassen Sie mich doch zufrieden. Ich habe heute Lust, mich zu besaufen.«

»Und ich will das klären zwischen uns.«

»Okay, okay, klären Sie, und dann lassen Sie mich aber in Ruhe.«

»Sehen Sie ein, daß es ein Fehler war, loszuziehen und Grüber zu observieren, ohne mich zu informieren?«

»Seh' ich ein!«

»Glauben Sie mir, daß ich über Grübers Schritte auf dem laufenden bin, weil da ein Under-Cover-Mann ganz dicht dran ist?«

»Natürlich glaub' ich das, was soll denn das Ganze?«

»Dann müßte es auch in Ihren gottverdammten Schädel rein, daß Sie in diesem Fall jeden Schritt mit mir abstimmen müssen.«

»Von mir aus!« Schimanski winkte Hanna mit seinem Schnapsglas.

»Gut«, sagte Tumler wie ein Lehrer. »Von unserem verdeckten Ermittler wissen wir, daß es auf der Schrottinsel ein geheimes Waffenlager geben muß. Womöglich verschiffen die sogar von dort aus das Zeug, zumindest jene Waffen, die von ihren Gangs aus Bundeswehr- und Natowaffendepots geklaut werden.«

»Seit wann wissen Sie das?« fragte Schimanski.

»Bitte fangen Sie nicht wieder an, ja. Ich weiß es. Und es ist Ihr Job, dieses Lager zu suchen.«

»Ach ja?«

»Wenn Sie nicht weggelaufen wären, hätte ich Ihnen das schon heute vormittag gesagt. Heute nachmittag war ich dann sehr im Zweifel, ob ich Sie damit überhaupt noch befassen kann.«

»Und jetzt?«

»Herr Schimanski, ich bin über Ihre zum Teil höchst erstaunlichen Erfolge sehr gut informiert. Glauben Sie mir, ich habe Hochachtung vor derartigen Leistungen. Daß ich selbst in jedem einzelnen Fall ganz anders vorgegangen wäre...«

»Natürlich, klar, ganz selbstverständlich!«

»...spielt dabei keine Rolle. Und ich denke, daß niemand diese Recherche besser machen kann als Sie.«

»Danke!«

»Bitte!«

»Ich habe mich nicht wirklich bedankt!«

»Das ist mir durchaus nicht entgangen.«

Sie starrten sich ein paar Augenblicke lang an, bis Schimanski sagte: »Was spielen wir eigentlich? Sauerkrautgucken oder was?«

Tumler lachte leise und nahm einen ersten Schluck aus seinem Bierglas. Als er es absetzte, sagte er: »Stimmt das eigentlich, daß Sie Ihren Bruder damals aus der Krankenstation befreit haben?«

Schimanski nickte. Warum kapierte Tumler nicht, daß er darüber mit ihm nicht reden wollte?

»Und warum lebt Ihr Bruder nicht mehr?«

»Ach, steht das nicht in den Akten?«

»Nein.«

»Er ist vier Wochen, nachdem wir wieder in Berlin waren, gestorben.«

»Unfall?«

»Selbstmord!«

»Verdammt, das tut mir leid.«

»Auch so 'ne Floskel, die wir immer gebrauchen!« Schimanski stand auf und griff nach seiner Windjacke, die über der Stuhllehne hing.

»Ich zieh' dann heute abend rüber auf die Schrottinsel.«

»Freut mich, daß Sie's übernehmen.«

»Was sagt denn Ihr V-Mann über die Beziehung zwischen Toni und Grüber?«

»Er hat bestätigt, daß da eine Verbindung besteht, weiß aber nicht welcher Art.«

Schimanski stand schon, aber er ging noch nicht. »Wundert Sie das nicht?«

»Warum sollte mich das wundern?«

»Ihr Informant weiß, wann sich Mercier und Grüber treffen, er weiß sogar wo. Nicht auszuschließen, daß er sogar die Geschäfte kennt. Immerhin hat er ja offensichtlich rausgekriegt, daß der Grüber Waffen statt Schleif- und Fräsmaschinen in den Iran geliefert hat. Und da soll er nicht wissen, was zwischen Grüber und Toni läuft?«

»So ist es nun mal.«

»Grüber hat Toni jedenfalls nicht nur gebraucht, weil er sich von zwei Nutten der Sonderklasse verwöhnen lassen wollte. Da gibt es Geschäftsbeziehungen, die weit drüber raus gehen. Toni sagt, er habe was vermittelt. Wetten, daß es der Mörder war?«

»Sie glauben also nicht, daß es Toni selber getan hat?«

»Nie und nimmer.«

»Man müßte versuchen, Toni zum Reden zu bringen.«

»Der ist vorsichtig. Und stur...!«

»Es gibt Methoden...« Tumler unterbrach sich, weil Schimanski ihn ungläubig anschaute.

»Na ja«, wiegelte er ab, »manchmal heiligt der Zweck doch die Mittel, nicht wahr. Niemand wird das besser verstehen als Sie!«

»Ich, warum denn ich?« Schimanski setzte sich wieder hin.

»Ich habe mit Dr. Born geredet. Er war ja wohl mal Ihr Vorgesetzter.

»Ein Jurist«, sagte Schimanski abschätzig.

»Jetzt ist er Staatsanwalt.«

»Ist er deshalb kein Jurist mehr?«

»Soll ich Ihnen sagen, wie er Sie beschreibt?«

»Wenn Sie es nicht für sich behalten können...«

»Der Schimanski ist zum Einzelkämpfer geworden, weil er zu oft seine Ohnmacht gegenüber der Bürokratie und dem Apparat erlebt hat. Schimanski ist einer, der sich immer nur auf sich selber verläßt und auf sein ureigenes Rechtsempfinden. Recht bedeutet für ihn allerdings nur etwas, wenn er es mit seiner Erfahrung koppeln kann. Und er ist immer dann gut, wenn er's wissen will, wenn er ein eigenes Interesse entwickelt, wenn er betroffen ist.«

»Hat der Born gesagt?«

»Exakt das!«

»Der war schon immer ein intellektueller Klugscheißer.«

»Hat er unrecht?«

»Weiß nicht.«

»Natürlich wissen Sie's. Er hat recht. Ich hatte ja nun schon Gelegenheit genug, dies selber festzustellen.«

»Dann werde ich mal gehen!« Schimanski stand auf und verließ das Lokal. Nichts war ihm so sehr zuwider, wie über sich selber zu reden.

Hanna war gerade beim Gläserspülen. Sie sah ihm nach. Ihre Augen wurden für einen Augenblick dunkel. Sie hörte mitten in der Bewegung auf zu arbeiten und blieb – die Hände im Spülwasser – starr stehen. Gleich darauf schüttelte sie sich und arbeitete weiter.

Zwei Minuten später stand Schimanski wieder vor Tumlers Tisch.

»Mercier ist also der große Zampano?« fragte er unvermittelt.

Tumler sah ihn irritiert an. »Ich denke ja, warum?«

»Wenn Toni geschäftlich mit Grüber zusammensteckt, muß er Mercier kennen oder doch mal von ihm gehört haben.«

»Möglich.«

»Das wollte ich wissen.«

Schimanski ging zu Hanna an den Tresen: »Ich muß weg. Schade. Ich melde mich mal wieder bei dir. Zu jeder Tages- oder besser Nachtzeit. Ist das okay?«

Hanna nickte und lachte. Jetzt verließ Schimanski endgültig Hannas Kneipe.

Das Wetter hatte sich gebessert. Die Wolken rissen auf. Aber das Regenwasser stand noch in Pfützen auf den Straßen. Die Wege und Straßen auf der Schrottinsel waren nur zum Teil asphaltiert. Sobald man nach rechts oder links abbog, geriet man auf geschotterte oder lehmige Wege. Schimanski streifte ziellos herum. Die Dämmerung wich ganz langsam der Nacht. Die Shredder- und Verladeanlagen wirkten wie eingeschlafene Monster. Manche der riesigen Schrotthaufen glänzten silbern im langsam stärker werdenden Mondlicht. Kranarme standen wie gezeichnet gegen den Abendhimmel. Die letzten Arbeiter verließen mit ihren Autos und Motorrädern die Insel. In ein paar Baracken brannte noch Licht. Schimanski stolperte über eine Eisenbahnschiene, die er nicht bemerkt hatte. Am Kai dümpelte ein schwerer Lastkahn, auf den Schrottballen verladen worden waren kompakte und zugleich bizarre Gebilde – je drei ehemalige Autos ergaben einen solchen Packen.

Mottenpaule hätte ihm garantiert einen Hinweis darauf geben können, wo auf dieser unübersichtlichen Insel ein Waffenlager sein könnte. Schimanski beschloß, das Areal systematisch abzusuchen. Er begann am östlichen Kai. Drüben lag düster die Kohleninsel. Dazwischen ein Hafenbecken, das Wasser war jetzt schwarz und schwappte ölig gegen die Mauer. Nur wenige Kähne hatten festgemacht. Ein Mann mit einem Fahrrad kam auf der Kaimauer entlang. Er grüßte im Vorbeifahren, indem er mit dem Zeigefinger gegen den Mützenrand tippte.

Schimanski grüßte zurück.

Was nun, wenn Tumler ihm diesen Auftrag nur gegeben hatte, um ihn zu beschäftigen, wohl wissend, daß da gar nichts zu holen war? Er schüttelte den Gedanken ab. Auch Tumler mußte darauf achten, effektiv und erfolgreich zu arbeiten, wenn er weiter Karriere machen wollte. Und das wollte er bestimmt.

Schimanski setzte seinen Weg fort. Die Insel in ihrer ganzen Länge hinauf, hinunter, wieder hinauf, wieder hinunter. Und dann stand er plötzlich vor einer flachen Baracke, deren Fenster hell erleuchtet waren. Von drinnen erklang eine fremdartige Musik, irgendwelche hohen Saiteninstrumente und noch höhere menschliche Stimmen. Schimanski stieß die Tür auf. Die Musik brach schlagartig ab. Auf dem Boden saßen in einem Kreis gut zwei Dutzend dunkle Gestalten. In der Mitte stand ein riesiger Topf mit Essen, das verführerisch nach Hammelfleisch und Knoblauch duftete.

»Mahlzeit!« sagte Schimanski.

Ein hagerer, schwarzhaariger Mann stand auf und musterte ihn feindselig. Ein anderer rief aufgeregt etwas in einer Sprache, die Schimanski nicht einmal einordnen konnte, vermutlich war es irgend ein arabischer Dialekt. Schimanski hob beschwichtigend beide Hände.

»Laßt euch nicht stören«, sagte er schnell, »ich bin nur gerade vorbeigekommen...«

»Sie haben angeschlichen«, sagte der Hagere.

»Nu' hör aber auf, ja, ich bin seit drei Stunden auf der Insel unterwegs.«

»Hier kein Weg führt!«

»Darauf konnte ich nu' aber keine Rücksicht nehmen«, erwiderte Schimanski lächelnd. »Ich bin auf der Suche...«

»Unsere Wache Sie nicht gemeldet.«

»Eure Wache? Was denn für 'ne Wache?«

»Sie Polizei?« fragte der andere.

Schimanski entschied sich dafür, zunächst einmal im Unverbindlichen zu bleiben. »Auf jeden Fall habe ich nicht euch gesucht«, sagte er.

Er ging weiter in den Raum hinein, um in den Topf sehen zu können.

»Kuzkuz«, sagte der Hagere.

»Riecht gut.«

Einer der Männer tat mit seinen Fingern eine Portion auf einen Pappteller und reichte sie Schimanski. Besteck gab es nicht. Schimanski zögerte einen Augenblick. Einer der Männer zeigte ihm, wie man das Maisgericht mit drei Fingern aufnimmt und zum Mund führt. Es schmeckte wunderbar. Schimanski merkte, daß er schon wieder Hunger hatte. Er aß den Pappteller schnell leer und saute sich dabei gründlich ein. Er wunderte sich, wie die Männer so essen konnten und sich dabei weder die Kleider noch das Gesicht verschmierten.

Der Hagere sagte: »Also, was Sie wollen?«

»Das kann ich dir nicht erklären.« Plötzlich wurde Schimanski bewußt, daß er den Mann duzte, obwohl der ihn beständig siezte. Also verbesserte er sich: »Ich kann Ihnen das nicht erklären.«

»Wir sind nämlich ohne Papiere«, sagte der Hagere.

Schimanski setzte sich zu den anderen auf den Boden.

»Warum?«

»Weisser hat uns abgenommen, sagt, er will uns Arbeitspapiere beschaffen. Dazu braucht Pässe.«

»Weisser?«

»Boß. Gibt uns Arbeit und Lohn.«

»Wieviel?«

»Sieben Mark Stunde«, der Hagere klang stolz.

»Wie heißen Sie?« fragte Schimanski.

»Ali, und du?«

Nun ging es also anders rum. Schimanski mußte lächeln.

»Horst – Horst Schimanski, aber meine Freunde sagen Schimmi. Wo kommt ihr her?«

»Tunesien.«

»Und wie?«

»Über Frankreich und schwarz über Grenze.«

»Und Weisser vermittelt euch Jobs?«

»Ja, er sagen, wo wir arbeiten sollen, bringen uns hin und gebe uns los. Wir immer ein Kommando mit deutsch Kapo!«

Schimanski nickte. Er hatte verstanden.

»Und wenn die Polizei kommt?«

»Unsere Wachen melden, wir zickezacke in Kahn, Luke zu und ganz stumm. Alle!«

»Aha.«

»Wir oft trainiert«, sagte Ali stolz.

»Wo arbeitet ihr denn so?«

»Auf Bau. Tunesier gute Maurer. Wir können zum Beispiel Rundbogen machen mit der Hand, ganz ohne Werkzeug.«

»Und kochen könnt ihr auch«, Schimanski erhob sich. Er sah Ali an. »Du mußt versuchen, an die Papiere zu kommen. Ihr seid diesem Weisser doch total ausgeliefert, solange ihr ohne Pässe und ohne andere Papiere seid.«

»Ich ihn kann nicht zwingen.«

Schimanski nickte. Dieser Mann war nicht weniger machtlos als er damals in der Türkei.

Vorsichtig sagte Schimanski: »Ich suche ein Lager mit Kisten.« Ali schaute ihn verständnislos an. Dann übersetzte er seinen Freunden, was Schimanski gesagt hatte.

Einer fragte etwas, und Ali übersetzte.

»Was ist in den Kisten?«

»Waffen und Munition.«

Als Ali zurückübersetzt hatte, wurden die Gesichter verschlossen.

»Das Zeug ist gestohlen«, sagte Schimanski.

»Du doch Polizei?« fragte Ali, und sein Gesicht verfinsterte sich. Schimanski nickte, sagte aber schnell: »Ich habe aber nichts mit der Ausländerpolizei zu tun. Was ihr hier treibt, geht mich nichts an.«

»Du schweigen?«

»Sag' ich doch!«

Ali informierte seine Kollegen, aber die schienen ihm nicht zu glauben. Ein heftiger Disput entstand, ein paar der Männer drohten mit den Fäusten, andere zogen sogar Messer. Schimanski stand nah an der Tür und tastete heimlich nach seiner Dienstwaffe. Ali sagte: »Die Männer glauben nicht. Sie sagen: Deutsche nicht immer wahr.«

»Du meinst, Deutsche sagen nicht immer die Wahrheit. Das ist hier wie überall.« Schimanski zwang sich zur Ruhe.

»Paß auf, Ali, ich suche etwas, und ich bin auch gerne bereit, das näher zu erklären. Aber ich suche ganz bestimmt keine illegalen Arbeiter. Das ist nicht mein Job. Das geht mich nichts an. Und wenn ich mich überhaupt einmischen würde, dann höchstens, um euch zu helfen. Ich weiß, das werdet ihr mir auch nicht glauben, aber trotzdem ist es so.«

»Können wir dir helfen?« fragte Ali.

Schimanski schaute ihn überrascht an. »Ja..., ja sicher... klar, warum nicht. Ihr könntet die Augen offen halten. Ich suche ein Waffenlager. Da gibt es irgend so ein Schwein, der läßt Waffen und Munition aus Depots stehlen, lagert sie hier irgendwo und bringt sie auf Schiffen versteckt wieder weg. Hast du das verstanden?«

Ali lächelte. »Ich in Deutsch verstehen alles, nur sprechen miserabel.«

»Das stimmt ja nun nicht«, erwiderte Schimanski freundlich, »du sprichst ganz prima.«

Ali bedankte sich mit einer kleinen Verbeugung und übersetzte dann seinen Kameraden, was er mit Schimanski besprochen hatte. Das Mißtrauen schwand nicht aus den Gesichtern. Aber einer der Männer meldete sich. Er hatte einmal, als er Wache stand, gesehen, wie ein schwerer Lastwagen hinter der großen Shredderanlage gehalten hatte. Junge Leute hatten schwere Kisten abgeladen, auf einem Kahn verstaut und dann mit dem Magnetkran Schrott darüber geschüttet.

»Kann er mir die Stelle zeigen?« fragte Schimanski.

Ali gab die Frage weiter.

Der Tunesier stand wortlos auf, zog eine alte, zerschlissene Jacke an, schlüpfte in ein Paar Holzpantinen und ging zur Tür. Schimanski folgte ihm, blieb aber noch kurz bei Ali stehen. »Sag den Männern, sie brauchen sich nicht zu fürchten.« Ali nickte und gab Schimanski die Hand.

Ein heftiger Wind hatte auch die letzten Wolken vollends vertrieben. Die Schrottinsel war in helles Mondlicht getaucht. Der Tunesier ging mit schnellen Schritten durch die enge Schlucht zwischen zwei riesigen Schrottbergen. Als er das Sträßchen erreichte, sah er sich aus Gewohnheit sichernd um und setzte dann mit ein paar mächtigen Sprüngen über die Fahrbahn. Schimanski hatte Mühe, ihm zu folgen.

Als sie den Kai erreichten, sagte Schimanskis Führer etwas in seiner Muttersprache und deutete auf einen Poller. Offensichtlich war der Lastkahn dort festgemacht gewesen. Schimanski entdeckte tiefe Reifenspuren in dem lehmigen Boden. Der Tunesier hob bedauernd die Schultern, mehr konnte er Schimanski nicht zeigen. Schimanski sagte: »Das ist schon okay, du hast mir geholfen, Kumpel.« Der Tunesier schenkte ihm ein breites Lächeln und reichte ihm die rechte Hand, dann legte er seine linke darauf, als ob er einen Bund besiegeln wollte. Sekunden später war er zwischen zwei Schrotthaufen verschwunden. Schimanski blieb tief in Gedanken noch eine Weile stehen.

Seinen Schlaftrunk nahm er, wie immer in letzter Zeit, bei Hanna. Sie hatte keine Zeit für ihn, denn der Laden war brechend voll, was selten genug vorkam. Aber er sah, daß sie sich freute. An einem langen Tisch saß Bernie mit Babs. Schimanski gesellte sich zu den beiden. »Na, was tut sich so?« fragte er.

Bernie beugte sich weit über den Tisch und brachte seinen Mund ganz nah an Schimanskis Ohr: »Wir sind drangeblieben. Es geht bald los.«

»Weißt du was Genaueres?«

»Noch sind die am ausbaldowern.«

»Gib Laut, wenn's ernst wird.«

»Kommste dann mit raus?«

»Versprochen.«

Babs' Miene hatte sich zunehmend verfinstert. »Das ist doch das Letzte«, giftete sie. »Ich glaub', meine Oma hat was mit Elvis, Connections mit den Bullen! Ausgerechnet du...« Schimanski zog es vor, den Platz zu wechseln. Aber an der Theke war so viel Betrieb, daß er sich nicht mehr dazwischen quetschen konnte. Er wartete, bis Hanna mit einem Tablett leerer Biergläser zurückkam. »Ich gehe heute mal früh ins Bett. Dein guter Einfluß.«

»Früh? Es ist halb zwei.«

»Trotzdem. Dein guter Einfluß.«

Er wollte ihr einen Kuß geben, aber sie stand mitten im

Gewühl und hielt noch das Tablett in den Händen. Er kam an sie nicht ran. Sie mußten beide lachen.

Es war kalt geworden. Schimanski überlegte, ob er noch eine andere Kneipe aufsuchen sollte, entschloß sich dann aber doch, nach Hause zu gehen. Den Entschluß bereute er, als er seine Wohnungstür aufschloß. Es gab nur noch zwei Möglichkeiten: Auf dem Absatz kehrt zu machen oder das Chaos gezielt anzugreifen. Er begann, ohne seine Jacke auszuziehen, ganz vorne, nämlich bei einem Sessel, der dicht bei der Tür stand. Schon nach dem ersten Durchgang hatte er mehr schmutzige Wäsche zusammengerafft, als er mit beiden Armen tragen konnte. Dabei hatte er eine halbleere Bierdose mit dem Fuß umgestoßen, war in einen Teller getreten und hatte sich zweimal in der Telefonschnur verfangen. Seine Stimmung verschlechterte sich von Minute zu Minute, aber um so verbissener arbeitete er weiter. Draußen dämmerte es schon, als er fertig war. Zufrieden und stolz warf er sich aufs Bett. Gleich nach dem Frühstück rief er seine Mutter in Berlin an. »Sag mal, willst du mich nicht mal wieder besuchen?«

Sie war überrascht. »Monatelang hört man nichts von dir und dann auf einmal...«

»Du kennst mich doch, Mamutschka«, unterbrach er sie.

»Und warum gerade jetzt?« fragte Frau Schimanski.

»Weil ich aufgeräumt habe. Aufgeräumt, staubgesaugt und abgewaschen. Einmalig, sag' ich dir.«

»Jungchen, Jungchen, wirst du denn nie erwachsen?«

»Na hör mal, im letzten Frühjahr hast du gesagt, du kämst erst wieder, wenn's bei mir nicht mehr so aussieht wie bei Hempels unterm Sofa.«

»Und das hat von Frühjahr bis jetzt gedauert?« Sie kicherte.

»Du, ich muß ins Büro«, rief er.

»Da rufst du mich an und hast dann nicht mal Zeit. Jetzt überleg doch mal, Horst, was wir bei diesem Telefonat besprochen haben?«

»Na, immerhin hab' ich dir erzählt, daß ich meine Wohnung auf Vordermann gebracht habe.«

»Und sonst?«

»Hab' ich mehr Ärger als nötig wäre.«

»Paß auf dich auf, Junge!«

»Du auch.«

»Und komm mal wieder nach Berlin!«

»Versprochen. Ich nehm' dich in den Arm und drück' dich.«

»Hilfe!« Sie legte auf.

Beschwingt verließ Schimanski seine Wohnung. Er war stolz auf seine Mutter. Sie hatte ihn und Eberhard ohne fremde Hilfe großgezogen. Er konnte sich an die Wochen gut erinnern, die dem Abgang des Vaters gefolgt waren. Die Mutter hatte nur ein einziges Mal geweint. Dann hatte sie den beiden Söhnen eines Tages am Abendbrottisch erklärt: »Euer Vater wird nicht zurückkommen. Seit er aus der Gefangenschaft zurück ist, hat er sich nicht zurechtgefunden – nicht in der Stadt und nicht mit uns. Er will's jetzt erst einmal allein probieren. Ich habe ihm gesagt, daß ich das verstehe.«

Horst Schimanski hatte damals gar nichts verstanden. Er war gerade sieben Jahre alt gewesen, hatte die ganze Nacht ins Kopfkissen geheult und am Tag war er unzählige Male ans Wohnzimmerfenster gegangen, von dem aus er die ganze Straße einsehen konnte. Er hatte gedacht, wenn er sich in der Schule anstrengen würde, käme der Vater vielleicht zurück, oder wenn er nur fleißig alle Arbeiten erledigte, die seine Mutter ihm auftrug. Der Vater war die Straße niemals wieder heraufgekommen.

Diese Straße – er mußte unwillkürlich lächeln –, die Mutter hatte immer heruntergerufen: »Spielt doch auf der anderen Seite, wo Sonne ist.« Viel Sonne war sowieso nicht in die Schlucht zwischen den Häusern gefallen.

Duisburg konnte auch im Herbst schön sein, wenn es nach langen Regentagen plötzlich klar wurde, die Bäume bunt leuchteten und die Hausdächer frisch gewaschen die Sonne widerspiegelten. Ein paar Stunden lang blieb das so, dann wurden die Farben schon wieder stumpf.

Schimanski hatte wenig Lust, ins Präsidium zu gehen. Er beschloß, zuerst noch einmal mit Toni zu reden.

Toni lag auf seinem Bett und las in einem Pornoheft, als Schimanski seine Zelle betrat. »Mann, Mann, hast du nichts Besseres zu lesen? Ein Zuhälter, der Pornos liest, das ist ja wie ein Buchhalter, der zur Entspannung in Bilanzen schmökert.«

Toni machte sich nicht einmal die Mühe, sich aufzurichten. »Was willst du schon wieder, Schimanski?«

»Ich will dir ein bißchen Angst machen.«

Toni lachte. »Das versuch mal.«

»Wir wissen, daß Mercier dich auf dem Kieker hat und zwar so, daß ich für dein Leben keinen Groschen gebe, wenn du morgen oder übermorgen rauskommst.«

Der Schuß ins Blaue erwies sich als Volltreffer.

Toni warf das Pornoheft auf den Boden und setzte sich auf. »Woher... ich meine... was soll'n das, wer ist dieser... wie heißt er?«

»Mercier. Der ist der große Zampano, und der erwischt dich sowieso.«

»Was redest du denn da, Schimmi?«

Wenn er ›Schimmi‹ sagte, war das, als ob er Schimanski bitten wollte, ihm die Hand zu halten.

»Ich wollte es dir nur sagen, Toni. Wir haben einfach

Informationen, daß du auf seiner Abschußliste stehst. Und wer da mal draufsteht, hat wohl nicht mehr allzu viele Chancen.«

»Sag nicht sowas, Schimmi!«

Schimanski war es unbehaglich in seiner Haut. Was hatte er zu Hanna gesagt? Wenn es darauf ankäme, könnte er schon lügen. Aber wohl fühlte er sich bei solchen Tricks nicht.

»Wer hat die Mädchen und Mottenpaule umgelegt?«

Mit dieser Frage befand sich Schimanski wieder auf sicherem Terrain.

»Ich nicht!«

»Wer?«

»Ein Profi!«

»Aus deiner Mannschaft?«

»Bin ich blöd?«

»Und die Waffe?«

»Frag mich was Leichteres, Schimmi!«

»Gut, frage ich dich was Leichteres: Wer hat den Profi an Land gezogen?«

Toni schaute weg und durch das vergitterte Fenster hinaus in den blauen Herbsthimmel.

»Also du!«

»Nein!«

»Aber sicher, halt mich doch nicht für doof, Toni!«

»Du willst mir einen Strick drehen.« Toni-Bär sah nun gar nicht mehr stark aus. Er hatte Mühe, das Zittern seiner Hände unter Kontrolle zu bringen. Er preßte sie, flach gegeneinander gedrückt, zwischen seine Knie und starrte stur geradeaus.

»Ich will dem einen Strick drehen, der die Mädchen auf dem Gewissen hat. Gib's doch zu: Der Grüber ist zu dir gekommen und hat gesagt: ›Toni‹, oder vielleicht hat er ja auch ›Herr Keller‹ gesagt – so einer macht sich ja nicht leicht gemein, nicht wahr... Also, ›Herr Keller‹, hat er gesagt, ›da sind zwei Mädchen, die mich erpressen. Zwei Ihrer Mädchen, Herr Keller. Ich hab' in der Erregung zu viel gesagt...‹ – sag mal, was hat er überhaupt getrieben mit den Mädchen?«

»Er hat sich in einen Glassarg gelegt, und die Mädchen mußten's auf dem Deckel miteinander treiben.«

»Ist das dein Ernst?«

»Ich könnte dir noch ganz andere Dinge erzählen.«

»Und da liest du noch Pornohefte?«

»Dicke Bücher mag ich nicht.«

»War das alles? Der Kerl liegt in seinem Glassarg, und die turnen drauf rum?«

»Nicht ganz, aber was er noch verlangte, ist zu unappetitlich. Auf jeden Fall war es mehr als außergewöhnlich, kann ich dir sagen. Und irgendwann hat er eben dann die Kontrolle über sich verloren und jede Frage beantwortet, die ihm die Uschi gestellt hat. Sie war ja so'ne Art Intellektuelle. Bloß daß sie sich verrechnet hat. Sobald Grüber sich wieder angezogen und sein Geld auf den Nachttisch gelegt hatte, war er wieder ein ganz cooler Typ.«

»Und dann ist er zu dir gekommen und hat gesagt: ›die beiden Weibsstücke müssen liquidiert werden‹?«

»Er hat gesagt, er brauche einen Experten.«

»Und?«

»Natürlich kannte er selber keinen.«

»Aber du!«

»Ja!«

»Jetzt brauchst du mir nur noch Namen und Anschrift zu nennen. Dann biste zwar wegen Beihilfe dran, aber das ist immer noch besser als lebenslänglich für dreifachen Mord.«

»Glaubst du, ich spreche mein eigenes Todesurteil?«

»Den Namen, Toni! Wir können das doch so drehen, daß es aussieht, als seien wir ganz ohne deine Hilfe drauf gekommen.«

»Bloß, daß euch das keiner glaubt.«

»Du hilfst mir also nicht?«

Toni hatte sich etwas beruhigt. Seine Hände lagen jetzt flach auf seinen Oberschenkeln, und sein Atem ging wieder langsamer. »Es gibt nur einen Weg«, sagte er, »ihr müßt durch eure eigenen Ermittlungen drauf kommen. Das ist die einzige Chance für mich, daß der Mann glaubt, ich hätte ihn nicht verraten.«

Schimanski nickte. »Nicht dumm. Sag mir bloß noch eins, ist es einer von hier oder nicht.«

»Frankfurt.«

»Hast du nicht gesagt, Geibel habe in Frankfurt gearbeitet, bevor er zu dir kam.«

»Stimmt. Und davor in St. Pauli. Sagt er wenigstens.«

»Geibel kann sehr gut mit einer Pistole umgehen, das habe ich gesehen.« Zum erstenmal grinste Toni. »Das kannst du auch, Schimanski!«

Tumler saß bei Königsberg. Am Fensterbrett lehnte Dr. Born, ein schlanker, nervöser Mann, Ende 30, mit etwas zu langen, leicht fettigen Haaren und einem ungewöhnlich bleichen Gesicht. Born trug ein dezent kariertes Jakkett, das er sich, wie Schimanski wußte, wie alle anderen Kleidungsstücke in London maßfertigen ließ. Er stammte aus vermögendem Haus und legte viel Geld in Klamotten an.

Tumler unterbrach seinen Vortrag, als Schimanski hereinkam. Königsberg sagte: »Wir haben da ein Schreiben vom Bundeskriminalamt bekommen, hinter dem vermutlich das Außenministerium steckt. Die Ermittlungen im Fall Grüber/Mercier sind mit äußerster Behutsamkeit zu führen. Offensichtlich sind Staaten involviert, mit denen die Bundesrepublik besonders sensible Beziehungen hat.«

»Und was heißt das im Klartext?« wollte Schimanski wissen. Königsberg lächelte. »Das heißt, daß Sie jede Phase Ihrer Ermittlungen exakt mit Herrn Tumler abzustimmen haben. Er hat mit solchen Fällen Erfahrung.«

Schimanski ging nicht darauf ein. »Toni hat ein Teilgeständnis abgelegt«, sagte er. »Die Mädchen sind auf Befehl Grübers umgebracht worden.«

»Tatsächlich?« Born wurde ganz aufgeregt.

»Und das ist nicht nur eine Schutzbehauptung?« wollte Tumler wissen.

»Sieht nicht so aus. Grüber hat einen Killer angefordert. Toni gibt zu, einen vermittelt zu haben. Einen Mann aus Frankfurt. Übrigens: Geibel hat bis vor kurzem in Frankfurt sein Unwesen getrieben.«

»Gibt's für die Aussage Toni Kellers irgendwelche Beweise?« fragte Tumler kühl.

»Nein.«

»Und Sie glauben, er wird diese Aussage vor Gericht wiederholen?«

»Wohl kaum.«

»Dann ist sie noch nicht mal das Schwarze unter Tonis Fingernägeln wert.«

»Toni hat die gepflegtesten Fingernägel von ganz Duisburg«, konterte Schimanski.

»Wir können ja die Ihren nehmen«, gab Tumler zurück.

Schimanski warf einen Blick auf seine Fingernägel und sagte dabei: »Man muß Grüber einfach durch die Mangel drehen.«

»Mit Grüber verfahren wir anders«, sagte Tumler in einem Ton, der bei jedem anderen keinen Widerspruch mehr zugelassen hätte.

»Warum«, fragte Schimanski patzig, »haben die Perversen und Hinterhältigen Schonzeit?«

»Ich denke, wir haben das hinreichend besprochen«, sagte Tumler.

»Okay, vielleicht liefert ja Ihr V-Mann die Beweise.«

Schimanski verließ die Runde schlecht gelaunt. Er beschloß, einen Abstecher zum ›Manhattan‹ zu machen. Vielleicht kam er ja mit Toni weiter, wenn er Geibel noch einmal verhörte. Es kümmerte ihn einen Dreck, ob Tumler damit einverstanden war oder nicht.

Als er mit seinem Wagen in die Gasse einbog, entdeckte er Geibel, der gerade aus dem Haus kam. Vorsichtig verlangsamte Schimanski die Geschwindigkeit. Geibel stieg in einen amerikanischen Wagen, der fast die ganze Gassenbreite ausfüllte. Schimanski folgte ihm.

Geibel fuhr über Beeck Richtung Kamp-Lintfort und benutzte die alte Rheinfähre. Schimanski mußte notgedrungen vor der Auffahrt auf die Fähre anhalten. Ein geradezu klassisches Mittel war das, wenn man einen heimlichen Verfolger abschütteln wollte, der in Deckung bleiben mußte. Auf der Fähre hatten nur ein Dutzend Autos Platz. Versteckmöglichkeiten gab es nicht.

Schimanski wartete ungeduldig, bis das vorsintflutliche Gefährt über den Rhein zurückkam. Obwohl ihm klar war, daß es wohl kaum eine Chance mehr gab, Geibel wieder aufzutreiben, setzte er über. Langsam ließ er seinen Dienstwagen nach Baer hineinrollen, wendete dann aber in der Nähe der Windmühlen und fuhr Richtung Homberg. Er wollte über die Brücke zurück in die Innenstadt.

Rechts von ihm erhob sich eine gewaltige Kohlenabraumhalde. Wie ein Tafelberg überragte sie die Stadt.

Eine Straße führte um den ganzen Berg herum zum Hochplateau hinauf. Auf dieser Straße bewegte sich ein

Auto. Oben stand ein zweites. Schimanski wunderte sich. Seines Wissens war es nicht erlaubt, auf die Kohlenberge hinaufzufahren. Und ein Vergnügen war es bestimmt auch nicht.

Neugierig nahm er die nächste Straße rechts und fuhr näher heran. Er ließ seinen Wagen ausrollen und kramte das Fernglas aus dem Handschuhfach. Der Wagen war hinter dem Berg verschwunden. Ungeduldig wartete Schimanski, bis er wieder auftauchte. Es war Geibels amerikanischer Schlitten. Von dem Kohleberg aus konnte man natürlich noch leichter feststellen, ob einem jemand folgte, aber man befand sich auch in einer ausgesetzten Position.

Schimanski fuhr näher heran. Der amerikanische Wagen hatte nun das Plateau erreicht. Der Fahrer stieg aus und ging auf einen anderen Mann zu. Schimanski hielt an und brauchte einige Zeit, bis er das Glas scharf gezogen hatte. Doch da waren die beiden Männer bereits in den anderen Wagen, einen Ford Scorpio, gestiegen. Ihre Gesichter konnte er nicht erkennen, zumal sich die Sonne in der Windschutzscheibe spiegelte.

Schimanski sah auf die Uhr. Es war dreizehn Uhr. Er wurde allmählich im Präsidium erwartet. Während er die beiden Autos auf dem schwarzen Tafelberg im Auge behielt, stellte er eine Funktelefonverbindung her. »Kann ich mal Tumler haben?« fragte er den Mann in der Zentrale. Aber Tumler war nicht da. Er sei kurz nach zwölf weggefahren, hieß es.

Geibel stieg aus dem Ford Scorpio aus, der fast im gleichen Moment anfuhr. Auch Schimanski startete seinen Wagen. Der Scorpio hatte die Ebene schon wieder erreicht und fuhr mir erhöhter Geschwindigkeit Richtung Ruhrort, als sich Schimanski der Kohlenstraße näherte. Geibels amerikanischer Wagen dagegen rollte gemächlich Richtung Baer. Schimanski entschloß sich, seinen Besuch im ›Manhatten‹ auf den Nachmittag zu verschieben. Als er ins Präsidium kam, war auch Tumler gerade eingetroffen. Er wirkte abwesend und nervös.

»Ein Spielchen?« fragte Schimanski.

»Jetzt nicht.«

»Soll ich Ihnen berichten?«

»Was denn?«

»Na, immerhin habe ich mir die Nacht um die Ohren geschlagen.«

»Ach so, ja richtig.«

Schimanski sah Tumler befremdet an. »Ich habe zwar kein Lager entdecken können, aber die Stelle, an der vermutlich Waffen- und Munitionskisten verladen wurden. Ein Zeuge will gesehen haben, wie ein Trupp junger Leute einen Lastkahn beladen und danach mit einem Haufen Schrott zugedeckt haben.«

»Interessant«, sagte Tumler abwesend.

»Hören Sie mir überhaupt zu?«

»Ja, ja, natürlich.«

»Sieht aber nicht so aus.«

»Sie müssen entschuldigen, aber ich habe im Augenblick ein paar Probleme.«

»Sicher wieder welche, die wir nicht erfahren dürfen«, gittete Thanner.

»Ja, genau so ist es. Ich kann leider im Augenblick nicht darüber sprechen.«

»Heute mittag ist mir schon Geibel über den Weg gefahren«, sagte Schimanski.

»Geibel?«

»Ja. Er hatte einen konspirativen Treff.«

Tumler starrte Schimanski an, als ob er aus einer anderen Welt käme.

»Auf einer Abraumhalde«, sagte Schimanski.

Tumler ging zum Fenster und drehte den beiden Kommissaren den Rücken zu. »Wissen Sie auch, mit wem?«

»Ne, mit einem Mann, der einen silbermetallic Ford Scorpio fuhr.«

»Der Sache sollte man weiter nachgehen. Ich werde den Tag über unterwegs sein. Ich brauche Sie heute nicht mehr, Herr Schimanski!« Mit diesen barsch hingeworfenen Sätzen verließ Tumler das Zimmer.

Thanner lehnte sich weit in seinen Stuhl zurück und preßte die Handflächen mit aller Kraft vor sich auf die Tischplatte, ohne daß sich dabei sein Gesicht veränderte. Langsam und jede Silbe betonend sagte er: »Weißt du eigentlich, was Tumler für ein Auto fährt?«

»Ich? Ne. Bisher ist er immer mit mir gefahren.«

»Einen silbermetallic Ford Scorpio.«

Einen Augenblick lang schaute Schimanski Thanner perplex an, dann winkte er mit beiden Händen ab. »Sag mal, du hast se wohl nicht alle. Davon fahren ein paar Tausend rum.«

»Seltsam ist es trotzdem.«

Schimanski trat an Thanners Schreibtisch und trank dessen Kaffee aus. »Hast du schon mal den Namen Weisser gehört?«

»Ja sicher, der stand schon ein paar Mal vor Gericht, und jedesmal wurde das Verfahren wegen mangelnder Beweise eingestellt.«

»Und warum stand er vor Gericht?«

»Verdacht auf Steuerbetrug, aktive Bestechung, Beschäftigung illegal eingewanderter Arbeitskräfte.«

Schimanski nickte. »Der hält sich ein paar Dutzend Tunesier wie Sklaven und verdient sich dumm und dusselig an denen. Die Pässe hat er ihnen abgenommen. Vorgeblich, weil er ihnen Arbeitspapiere beschaffen will!«

»Die gibt er ihnen wieder, sobald es brenzlig wird.«

»Glaubst du!«

»Nein, das weiß ich. Er packt seine Nordafrikaner dann in einen Bus, fährt mit ihnen nach Holland und reist wieder ein. Sie haben dann einen Einreisestempel und dürfen ein paar Wochen ganz offiziell hier bleiben. Wenn's wieder brenzlig wird, macht er das gleiche Manöver noch mal. Diesmal vielleicht mit Belgien.«

»Du kennst dich aus!«

»Letztes Jahr war ich doch mal an die Fahndungsabteilung ausgeliehen. Die waren mit solchen Fällen beschäftigt.«

»Ich werd' mir jedenfalls den Geibel heute noch mal vorknöpfen.«

»Das wird deinem neuen Chef vielleicht gar nicht recht sein.«

»Der braucht mich ja heute nicht. Ich ermittle ja nicht in Sachen illegaler Waffenhandel, sondern wegen drei Morden. Und das ist noch immer mein Ressort.«

»Meins!«

»Gib mir eben einen Auftrag!«

»Laß uns lieber gemeinsam gehen.«

»Und warum?«

»Dann können wir uns den Anschiß teilen.«

V

Selbst die Hafengegend sah im milden Licht der Herbstsonne freundlicher aus als sonst. Das ›Manhattan‹ freilich wirkte auch jetzt baufällig und verlottert. Die Eingangstür war verschlossen. Schimanski und Thanner gingen um den Flachbau herum. Durch ein Gittertor, das schief in den Angeln hing, erreichte man einen Hinterhof, auf dem sich Weinkisten, Müllsäcke und allerlei Gerümpel stapelten, um die Müllkübel häuften sich Küchenabfälle und zerbrochene Flaschen. Von hier aus führte eine schmale Tür in die hinteren Räume des Etablissements. »Willst du etwa einbrechen?« fragte Thanner, als sich Schimanski an der verschlossenen Tür zu schaffen machte.

»Was denn sonst?«

»Aber er ist nicht da, sonst hätte er ja auf unser Klopfen reagiert.«

»Na um so besser, wenn er nicht da ist, kann ich mich endlich mal in Ruhe umsehen.«

»Schimanski!«

»Keiner hat dich gebeten mitzukommen!«

Die Tür leistete Schimanski nicht lange Widerstand.

»Du stehst Schmiere«, sagte Schimanski, und schon war er durch die Tür verschwunden. Thanner verschränkte die Hände auf dem Rücken und begann leicht vorgebeugt einen Spaziergang die Gasse hinauf und hinunter.

Schimanskis Augen mußten sich erst an die Dunkelheit im Inneren des Gebäudes gewöhnen. Er suchte einen Lichtschalter, aber in diesem engen Korridor schien es kein Licht zu geben. Seine Schultern streiften links und rechts die Wände. Er kam an eine Tür und öffnete sie. Neben dem Türbalken fand er einen Lichtschalter. Er befand sich in der Küche, wenn dieses Loch diesen Namen überhaupt verdiente. Wie ein Mensch hier hausen und dann auch noch Toast à la Manhattan, Rinderkraftbrühe mit Mark oder Salat Niçoise produzieren konnte, war Schimanski schleierhaft. Er zog die Tür wieder zu und ging weiter. Der Gang führte direkt auf die Bar zu.

Der niedrige Raum stank nach kaltem Rauch und abgestandenem Alkohol. Die Stühle standen auf den Tischen.

Der Luftzug, der entstanden war, als Schimanski die Tür geöffnet hatte, ließ die Papierdekoration leicht schaukeln. Licht drang durch ein paar Oberlichter, die vergittert und mit dicken Staubmänteln überdeckt waren. Irgendwo tickte eine Uhr.

Schimanski stand einen Augenblick regungslos. Ihm war kalt und trotzdem fühlte er, wie er zwischen den Schulterblättern zu schwitzen begann. Er kannte diesen Zustand, der eine unmittelbare Gefahr signalisierte. Schimanski zwang sich, ruhig zu atmen. Vorsichtig zog er seine ›Walther‹ aus dem Hosenbund. Dann schritt er weiter in den Raum hinein.

Geibel lag über dem Tresen. Die Arme baumelten nach vorne herunter. Sein Kopf lag auf der Seite. Die Augen waren offen und starr. Schimanski ging um die Theke herum. Die Knie des Toten waren eingeknickt. Er hatte ein Loch im Hinterkopf und eines dicht unter dem linken Schulterblatt. Geibel war hingerichtet worden wie Paul Nieber. Wie in Trance griff Schimanski zum Telefon und forderte einen Tatortwagen der Spurensicherung und den Polizeiarzt an. Er bat darum, Tumler davon zu unterrichten, daß Geibel ermordet worden sei. Dann ging er zur Vordertür. Ein Schlüssel hing am linken Türbalken an einem Nagel. Schimanski schloß auf, trat ins helle Licht hinaus und schrie »Thanner!«

Später saß er auf einem Barhocker. Er hatte sich selbst ein Bier gezapft und wie ein Verdurstender in einem Zug geleert. Teilnahmslos schaute er jetzt auf die Kollegen der Spurensicherung hinab. Nachdem der Fotograf fertig war, wurde die Leiche auf den Boden gelegt. Einer der Beamten tastete Geibel ab und entdeckte etwas im Futter seiner Jacke. Er trennte den Stoff geschickt auf und förderte einen Ausweis zu Tage.

»Sieh dir das mal an, Schimmi«, sagte er und knallte den Ausweis auf den Tresen. ›Günter Stadelmaier‹, las Schimanski, ›Kriminalhauptkommissar‹. Als Dienststelle war das BKA genannt. Und das Foto zeigte unzweifelhaft Geibel, den Karate-Mann. Schimanski schob den Ausweis wortlos über den Tisch zu Thanner hinüber.

»Das erklärt einiges«, sagte der, »Tumlers V-Mann.«

»Aber da stimmt etwas nicht.«

»Warum?«

»Weil Tumler immer behauptet hat, er habe keinen direkten Kontakt zu seinem Under-Cover-Agenten.«

»Vermutlich wird er's uns erklären.« Schimanski stieß sich vom Tresen ab, sprang von dem hohen Hocker und winkte Thanner, ihm zu folgen.

»Geibel war also Ihr Mann!« sagte Schimanski zu Tumler, als er ihm eine Stunde später bei Königsberg gegenübersaß.

»Ja, sicher.«

»Und mir haben Sie gesagt, Sie kennen ihn nicht persönlich.«

»Wir haben klare Anweisungen. Ich habe immer über einen Mittelsmann Kontakt gehalten.«

»Immer?« Thanner hob überrascht die Augenbrauen.

»Ja, immer!«

Schimanski rief zornig: »Wir hätten ganz anders ermittelt, wenn wir gewußt hätten...«

»Es hätte genügt, wenn Sie sich exakt an meine Anweisungen gehalten hätten«, sagte Tumler scharf.

»Keiner von uns taugt zum Erfüllungsgehilfen«, meldete sich Thanner.

»Das war nun einmal eine Konstellation...«

»Ach scheiß doch drauf«, unterbrach Schimanski den BKA-Mann.

»Der Grüber ist längst überfällig, wir wissen, daß er einen Todesschützen angeheuert hat...«

»Haben soll!« Tumler blieb kühl.

»Vielleicht ist Grüber ja auch vom BKA«, sagte Thanner hinterhältig. Zum erstenmal schaltete sich Königsberg in das Gespräch ein. »Also, jetzt laßt mal diese Empfindlichkeiten, Leute. Sprechen wir lieber über den Mann, der glaubt, es werde in ein Waffendepot eingebrochen.«

»Wenn die Information stimmt, dann hat sie bestimmt nichts mit Grüber zu tun«, sagte Tumler.

Schimanski wollte es nicht hinnehmen, daß man so einfach über den Tod von Geibel alias Stadelmaier hinwegging. Das war schon wieder Routine. Vor allem Tumlers zur Schau getragene Gleichgültigkeit brachte ihn auf.

»Der Tod des Kollegen Geibel ist also abgehakt, ja?« sagte er. »Kann man nichts machen, was? So einer ist ja selber schuld, wenn er hops geht, oder?«

»Beruhige dich, Horst«, sagte Königsberg. Tumler registrierte überrascht, daß der Dezernatschef seinen Kommissar auf einmal duzte. »Ist doch wahr, Karl. Wir sind doch nicht so abgestumpft...«

»Gewiß nicht«, sagte Tumler leise, »aber wir müssen ja unsere persönliche Betroffenheit auch nicht vor uns hertragen, nicht wahr.«

»Ich schäme mich deswegen nicht«, konterte Schimanski.

»Und ich plädiere dafür, zur Tagesordnung überzugehen. Wenn ein paar Neonazis dort draußen einbrechen wollen, tun sie es garantiert auf eigene Verantwortung.

Grüber würde sich niemals irgendwelcher Wirrköpfe bedienen.«

»Aber er könnte seine Profis veranlassen, sich als Wirrköpfe zu tarnen«, sagte Thanner.

»Interessant!« Tumler nickte anerkennend.

»Man könnte ein mobiles Einsatzkommando...«, sagte Thanner, aber Schimanski unterbrach ihn. »Warum denn nicht gleich die GSG 9? Es reicht völlig, wenn du, Hänschen und ich da raus fahren, sobald wir den entscheidenden Tip bekommen.«

»Den Vorschlag finde ich vernünftig«, ließ sich Königsberg hören.

»Verstärkung können wir rasch herbeischaffen.«

»Noch haben wir ja gar keinen Tip«, sagte Tumler.

Schimanski kam noch mal auf den Tod Geibels zurück. »Mich würde interessieren, warum Geibel sterben mußte. Sie hatten doch sicher in den letzten Tagen Kontakt... über Ihren Mittelsmann natürlich.«

Tumler sah Schimanski aus schmalen Augen an. »Er hat exzellent gearbeitet, aber ich fürchte, er hat sich zu weit vorgewagt.«

»Das alte Leiden mit den Under-Cover-Männern«, sagte Königsberg mit einem Seufzer.

Man trennte sich. Thanner wollte noch einmal zum Tatort fahren, Königsberg hatte eine Konferenz der Dezernatsleiter. Tumler begleitete Schimanski in dessen Büro. Dort ging er sofort zum Backgammon-Brett und würfelte. Er fuhr sehr vorsichtig und sicherte seine Position.

Dann reichte er Schimanski die Würfel. Dem gelang ein Sechserpasch, aber weil Tumler just im Augenblick davor seine Reihen geschlossen hatte, verpuffte der Superwurf ergebnislos. Schimanski reichte Tumler die Würfel und sagte: »Warum haben Sie gelogen?«

Tumlers Verhalten veränderte sich kaum. Einem aufmerksamen Beobachter wäre allerdings nicht entgangen, daß sich sein ganzer Körper kaum merklich spannte. »Wie kommen Sie dazu, so etwas zu behaupten?«

»Sie waren heute morgen auf dem Kohleberg und haben Geibel getroffen. Ich nehme an, er hat wichtige Infos für Sie gehabt.«

»Ich denke, Sie haben Geibels Gesprächspartner nicht erkannt?«

»Ich könnte auch vor keinem Gericht schwören, daß Sie es waren, aber ich bleibe trotzdem dabei.«

»Nun, vor ein Gericht wird der Tatbestand ja wohl kaum kommen.«

»Sie geben es zu?«

»Ja, Ihnen gegenüber, Schimanski. Ich hatte es einfach satt, mit den Brocken auskommen zu müssen, die mir der Mittelsmann hinwarf.«

»Da können Sie mal sehen, wie's mir die ganze Zeit geht.«

»Ich habe also den direkten Kontakt gesucht. Ich weiß, daß es ein Fehler und gegen die Dienstvorschrift war. Und wenn's rauskommt, kriege ich bestimmt ein paar Probleme. Aber wenn die Ermittlungen einfach nicht vorwärts gehen...«

Schimanski sah Tumler mißtrauisch an. Er konnte nicht recht erklären, warum, aber er glaubte ihm nicht.

»Das paßt nicht zu Ihnen, Tumler, weder zu der Art wie Sie hier auftreten, noch zu der Art, wie Sie Backgammon spielen. Sie machen keinen unbedachten Schritt.«

»Das Gegenteil haben Sie doch selber miterlebt.«

»Trotzdem reimt sich das nicht zusammen.«

Tumler würfelte. Bis auf drei Steine hatte er nun schon alle in seinem Feld. So gesehen lag er weit voraus, aber im Backgammon kann ein glücklicher Wurf das ganze Spiel auf den Kopf stellen. Bedächtig setzte er seine weißen Steine.

»Was hat Stadelmaier Ihnen heute morgen noch gesagt?«

»Es sollen tatsächlich Waffen beschafft werden. Grüber hat wohl einen Großauftrag. Stadelmaier ging davon aus, daß es sich um eine Lieferung nach Libyen handelt. Zwar liegen in dem geheimen Waffenlager Grübers wohl genügend Bazookas und Maschinengewehre, aber es hapert an Munition. Außerdem verlangt der Auftraggeber Raketenwaffen. Mercier hat Grüber bei seinem Treffen auf dem Flughafen Endverbraucherzertifikate mitgebracht, vermutlich für Ghana, vielleicht auch für Costa Rica.«

»Ich denke, Costa Rica hat keine eigene Armee?«

Überrascht sah Tumler Schimanski an. »Ja schon, aber eine Polizei, und die wird zunehmend paramilitärisch ausgerüstet, seitdem in Nicaragua die Kommunisten regieren und die angrenzenden Länder bedrohen.«

»Hoppla«, sagte Schimanski, »einmal verrät jeder, wo er politisch steht. Sie jedenfalls sind wohl auf dem rechten Auge blind.«

»Waren Sie schon in Nicaragua?«

»Nein, Sie?«

»Das nicht, aber ich komme an Informationen...«

»Ich auch«, Schimanski grinste breit, »ich war nicht dort, aber ich kenne Leute, die dort waren. Und denen glaube ich mehr als jedem Politiker. Das mal nur nebenbei.«

»Politisieren können wir auch noch nach Dienstschluß«, Tumler behagte der Verlauf des Gesprächs ganz und gar nicht. Schimanski nickte zustimmend und sagte: »Sie meinen also, Geibel beziehungsweise Stadelmaier mußte sterben, weil er das rausbekommen hat?«

»Ja!«

Götz George – einmal nicht als Schimanski: Mit der weiblichen Hauptdarstellerin Renée Soutendijk in dem Spielfilm »Abwärts«

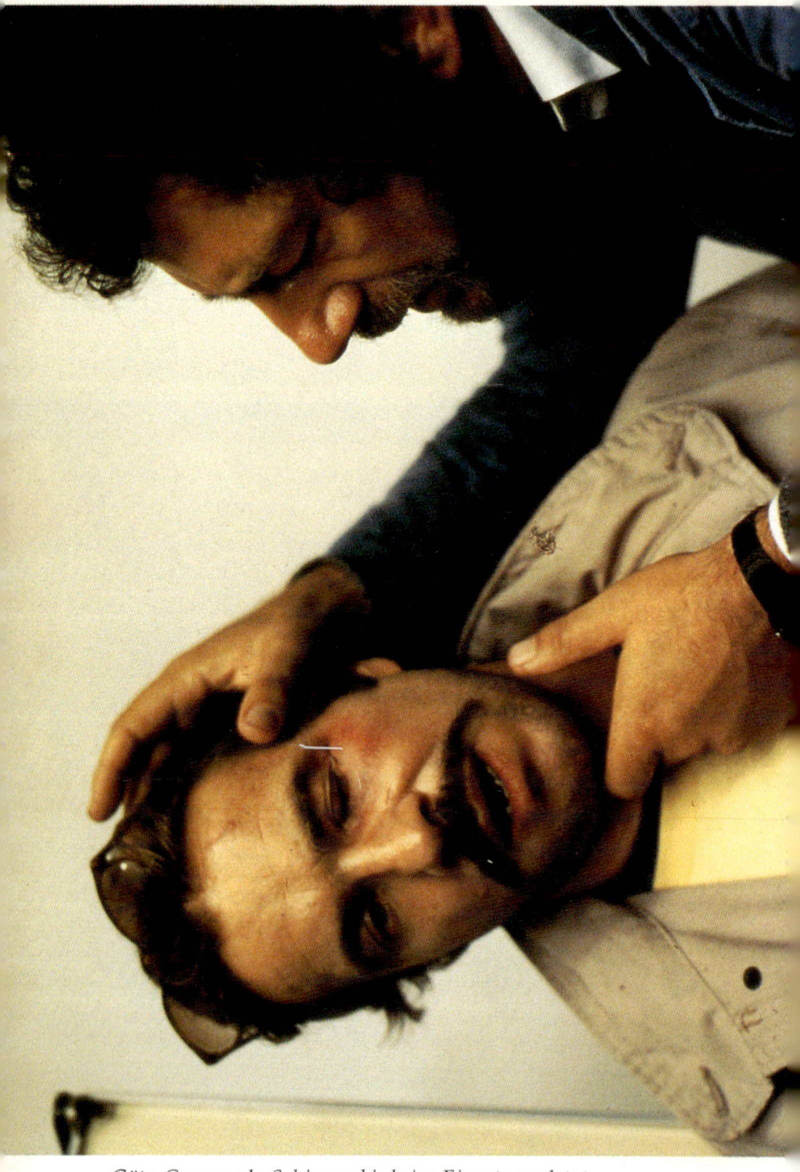

Götz George als Schimanski: beim Einsatz verletzt

»Er war also als V-Mann schon verbrannt, ehe er heute morgen mit Ihnen sprach.«

»Vermutlich. Und wahrscheinlich waren Sie nicht der einzige, der ihm gefolgt ist.«

»Kann sein.« Schimanski war sehr nachdenklich geworden. Das Backgammon-Spiel hatte er ganz außer acht gelassen. »Wann kommt Mercier wieder nach Duisburg beziehungsweise Düsseldorf?«

Tumler hob die Schultern. »Das wußte Stadelmaier nicht.«

»Glauben Sie, daß Mercier eine Ahnung davon hat, wie dicht Grüber davor ist, von uns hopsgenommen zu werden?«

»Woher soll ich das wissen?«

»Wenn Mercier darüber Bescheid weiß, läßt er Grüber über die Klinge springen, und zwar eher heute als morgen, dafür verwette ich meine Jacke.«

»Möglich.« Tumler wurde immer einsilbiger.

»Wir sollten Grüber überwachen lassen. Tag und Nacht.«

»Damit warnen Sie ihn nur.«

»Den haben wir doch sowieso im Sack.«

»Noch fehlen uns die Beweise. Und die erwarte ich sozusagen stündlich.«

»Stadelmaier jedenfalls kann sie Ihnen nicht mehr liefern.«

»Aber Grüber wird einen entscheidenden Fehler machen.«

»Damit rechnen Sie?«

»Ganz fest sogar.«

»Sie wissen mehr, als Sie mir gesagt haben.«

»Ich habe Ihnen schon mal gesagt, Schimanski: Mein Wissen handhabe ich so, wie ich es im Interesse meiner Ermittlungen für richtig halte.«

Er reichte Schimanski die Würfel. »Sie sind dran!«

Schimanski warf eine Zwei und eine Vier. Mit der Zwei schnappte er Tumlers letzten Stein, mit der Vier fuhr er mitten zwischen die Säulen, die der BKA-Mann in seinem Schlußfeld aufgebaut hatte.

»Verdammt«, entfuhr es Tumler, »jetzt kann ich noch mal von vorne anfangen!«

Er würfelte und sagte dabei: »Erzählen Sie mir irgendwann einmal, wie Sie das damals geschafft haben, in Ankara?«

»Ich denke immer, wenn man ein Ziel so fest im Auge hat, schafft man's auch.«

»Ein bißchen blauäugig.«

»Ich bin blauäugig, Herr Tumler.«

Schimanski sagte das in einem Ton, daß nicht mal mehr Tumler weitere Fragen stellte.

Das Spiel war in einer verfahrenen Situation. Sie beschlossen, fürs erste aufzuhören.

Nach Büroschluß ging Schimanski auf dem direkten Weg nach Hause. Das war seit Monaten nicht passiert. Obwohl er die Wohnung selbst aufgeräumt hatte, blieb er überrascht in der Tür stehen. »So kann meine Wohnung also auch aussehen«, sagte er laut zu sich selber. Er zog Schuhe und Strümpfe aus, suchte sich eine Platte von Miles Davis, legte sie aber wieder zur Seite, kramte und kramte und fand endlich, was er suchte: Musik von John McLaughlin. Er säuberte die Platte sorgfältig, legte sie auf, griff sich ein Kissen von der Couch und schob es unter den Kopf. Als die Musik anfing, lag er längelang auf dem Teppichboden. Das war schon als Kind seine Lieblingshaltung gewesen. Die Aufnahme stammte aus einem öffentlichen Konzert, und die Stimmung kam wunderbar rüber, weil das Publikum jedes bekannte Thema mit Begeisterungsrufen aufnahm.

Früher hatte man zu solcher Musik einen Joint geraucht. Man war dann ganz entspannt im Hier und Heute und trotzdem überwach. Hätte Eberhard mitgeraucht, er hätte alles leichter genommen. Die Welt verändern! Wie denn? Er war doch kein Kraftmensch gewesen und viel zu ernst. Wie hätte er denn die anderen mitreißen wollen? Wenn er einmal gelacht hatte, war das wie ein Weltwunder gewesen. Und wie er gelacht hatte! Sein ganzer Körper wurde davon erschüttert. Man konnte direkt Angst haben, er könnte dabei auseinanderbrechen.

Viel typischer freilich war für ihn seine Art zu dozieren. »Das ist die letzte Chance zu einem Aufbruch, die letzte Möglichkeit, etwas zu tun, ehe die Machtstrukturen bei uns festbetoniert sind.« Schimanski warf sich auf den Bauch herum und verschränkte seine Hände unter dem Kinn. McLoughlin spielte seine ganze Virtuosität aus.

Die letzte Chance! Jetzt hätte er mal da sein sollen, sein gescheiter Bruder. Ein Baulöwe schob den Politikern das Geld hinten und vorne rein und bekam dafür die Aufträge, die er haben wollte. Ein Konzern kaufte sich Parteivorsitzende und Parlamentarier, Minister und Staatssekretäre und stand sogar noch dazu. Die Chance war endgültig vorbei, zumal sich niemand mehr groß über sowas aufregte.

In Deutschland standen atombestückte Raketen. Schimanski fiel wieder einmal das Bild ein, das Hänschen neulich gefunden hatte: Die Amerikaner sind die eine Arschbacke, die Russen die andere. Und wir sitzen dazwischen. – Und was sitzt dazwischen? Das Arschloch.

Die Türkei gehörte längst zur Nato. Bundesrepublikanische Minister reisten nach Ankara und versicherten den dortigen Machthabern ihre Sympathie. Es ging alles seinen Gang. Was hätte Eberhard wohl dazu gesagt, daß sein kleiner Bruder bei den Bullen war? Er hätte vermutlich gesagt: »Das mußt du mir erklären, Junior!« Und Schimanski hätte es wohl versucht. »Ich habe geglaubt, ich könnte es besser machen«, hätte er wohl geantwortet und wäre sich im gleichen Augenblick der Unzulänglichkeit seiner Worte bewußt gewesen.

Königsberg war die Schlüsselfigur. Der hatte ihn damals überredet. Sie hatten eine Nacht lang darüber diskutiert, daß Recht und Gerechtigkeit in der Praxis nicht dasselbe sind.

Königsberg hatte sich fast wütend dagegen gewehrt.

»Wenn du dich mal nicht mehr in jeder Phase auf das Gesetz berufen kannst, bist du verloren«, hatte er gesagt.

»Aber die uns gerade zusammenknüppeln, die berufen sich auch auf das Gesetz.«

»Wenn ich Polizeipräsident wäre, bei mir würde es das nicht geben: Knüppel frei. Ich würde meine Zustimmung dazu nicht geben, auf Demonstranten einzuschlagen. Und ich würde mich dabei auch auf das Gesetz berufen.«

»Und womit? Mit Recht!« witzelte Schimanski, »glaubst du dann etwa, wir sind im Recht mit unseren Demonstrationen gegen den Vietnamkrieg und Springer und den Schah von Persien?«

»Das kann ich dir so nicht beantworten, zum Teil ja, zum Teil nein. Wir müssen alle lernen, ihr und wir. Aber das weiß ich, mit einem Schlagstock läßt sich das nicht klären.«

»Wer sich dauernd aufs Gesetz beruft, macht mehr kaputt als ganz.« Schimanski wollte provozieren.

»Die Erfahrung spricht dagegen«, hatte Königsberg lakonisch erklärt.

»Die Erfahrung nicht, höchstens du, deine Person. Du kommst mir vor wie so 'ne Art Heiliger bei der Polizei.«

Königsberg hatte herzlich gelacht. »Du hättest auch das Zeug dazu, Horst. Wenn du auch dabei wärst, wären wir schon zwei.«

McLaughlin spielte seine Variationen über die Titelmusik zum ›Rosaroten Panther‹. Schimanski mußte heute noch grinsen, wenn er daran dachte, er und heilig. Aber er hatte damals schon verstanden, was Königsberg gemeint hatte.

Er legte sich wieder auf den Rücken und begann mit den Beinen in der Luft Rad zu fahren. Länger als eine Viertelstunde konnte er nicht ruhig liegen.

Eberhard hatte seit seinem vierzehnten Lebensjahr autogenes Training gemacht. ›Mein linker Arm ist schwer, mein rechter Arm ist schwer...‹ Schimanski versuchte es, aber er war viel zu sehr mit anderen Gedanken beschäftigt. Vor der ersten Wärmeübung hatte er schon wieder vergessen, daß er sich eigentlich vorgenommen hatte, autogen zu trainieren.

Ein kleines Gefängnis war es gewesen, speziell für ausländische Gefangene. Der Botschaft gegenüber hatte die türkische Polizei verlauten lassen, man achte darauf, daß es den Angehörigen fremder Nationalitäten besser gehe als den einsitzenden Türken. Unvorstellbar, wie es dann bei denen aussah.

Eberhard war schon immer hager gewesen, jetzt war sein Körper ausgemergelt, ein Skelett von gelber, schlaffer Haut überzogen. Das Gesicht war fremd und verzerrt, von den Qualen gezeichnet. Und die Augen standen übergroß in ihren Höhlen. Eberhard hatte Mühe zu zeigen, wie er sich freute, als der Bruder plötzlich in der Tür stand, »Krankenbesuch machen«, wie er, in einem hilflosen Versuch zu witzeln, sagte. Der Arzt sprach Deutsch. Auf dem Korridor hielt er Schimanski einen Augenblick am Arm fest und flüsterte: »Ihr Bruder muß raus hier, sonst überlebt er's nicht.«

Schimanski spürte plötzlich, wie eine eisige Kälte in seinen Körper kroch. »Ist es so schlimm?«

Der Arzt nickte.

»Und wie?« fragte Schimanski atemlos.

»Wenn es glückt, dann nur, solange er auf der Krankenstation liegt. Ich werde versuchen, ihn so lange wie möglich hier zu behalten, aber mir sind die Hände gebunden. Wenn ich für einen eintrete, wird's für den eher schlimmer als besser.«

Schimanski war fast mittellos. Und außer dem jungen Arzt, der offensichtlich in der Bundesrepublik studiert hatte, kannte er niemanden in Ankara.

»Das ist doch aussichtslos«, sagte er.

»Man muß es versuchen.«

Schimanski hatte sein Zweimannzelt weit vor der Stadt in die Macchia gestellt. Der Weg dorthin dauerte zu Fuß zweieinhalb Stunden. Für den Bus wollte er kein Geld ausgeben. Schimanski ging bei der deutschen Botschaft vorbei. Das Achselzucken kannte er längst. Erst ließ man ihn warten, dann kam diese hilflose Geste. »Schließlich hat es sich Ihr Bruder selbst zuzuschreiben«, sagte ein aalglatter, junger Botschaftsangestellter. Den Namen würde er nie vergessen: Lenzen, Botschaftssekretär Lenzen. Anzug, Hemd, Krawatte, alles vom Besten.

Im Vorraum hing Lenzens Mantel, ein teurer ›Swallow‹. Schimanski faßte im Vorbeigehen in die Tasche. Und dann hatte er plötzlich die Autoschlüssel in der Hand. Ganz schön leichtsinnig von Herrn Botschaftssekretär Lenzen, die Autoschlüssel in der Manteltasche zu lassen. Auf dem Hof stand nur ein Audi. Der Schlüssel paßte. Schimanski handelte in traumwandlerischer Sicherheit. Mit der größten Selbstverständlichkeit stieg er ein und brauste davon. Der Mann an der Pforte grüßte sogar.

Ein zweites Mal wollte man ihn nicht bei seinem Bruder vorlassen. Er log das Blaue vom Himmel. Er habe einen Brief von seiner Mutter vergessen. Die Botschaft habe doch schon angerufen, und man habe dem Sekretär dort verbindlich zugesagt, daß er Eberhard noch mal sprechen dürfe.

Der Arzt kam durch die Tür, er hatte Dienstschluß. Ein paar schnell hingeworfene Worte zu dem Polizisten und der Weg war frei.

»Wie kann ich Ihnen sonst noch helfen?« fragte der Doktor.

»Sie gefährden sich bloß selber, lassen Sie's mich alleine versuchen.« Der Arzt nickte und ging die Stufen hinab.

Was Schimanski dann tat, geschah wie unter Zwang. Er trat in das schäbige Zimmer der Krankenpfleger und schlug, ohne zu zögern, einen kräftigen Mann nieder, der dort saß und Formblätter ausfüllte. Minuten später hatte er ihm die Kleider abgenommen und den Mann in einem Schrank verstaut. Das Krankenrevier war wie ausgestorben. Hier kümmerte man sich nach Feierabend wohl nicht mehr um die Patienten. Wer starb, konnte auch noch am nächsten Morgen weggeräumt werden. Eberhard schlief. Es kostete Mühe, ihn wach zu kriegen. Er war offenbar mit einer starken Dosis Schlaftabletten ruhig gestellt worden. Wenn alle Patienten in einen derart todähnlichen Schlaf versenkt wurden, hatten die Krankenwärter tatsächlich wenig Arbeit über Nacht. Schimanski löste die Arretierung an den kleinen Rädern des Krankenbettes und schob es aus dem Zimmer. Am Ende jedes Korridors hielt ein Polizist Wache. Schimanski schob das Bett auf ihn zu. Der Mann drehte sich erst im letzten Augenblick um und fragte etwas auf Türkisch.

»Geh aus dem Weg, du Kameltreiber«, herrschte ihn Schimanski an. Der Polizist griff nach seiner Waffe, die in einem blank geputzten Lederfutteral am Gürtel hing. Noch heute konnte Schimanski nicht begreifen, wie man eine Waffe, die stets zur Hand sein sollte, so bei sich tragen konnte. Ehe der Türke die Pistole herausgenestelt hatte, war Schimanski über ihm. Er hätte in dieser Nacht auch einen Menschen umbringen können. Seine Faust traf den Beamten in der Magengrube, und als er nach vorne klappte, schlug Schimanski ein zweites Mal zu, diesmal mit der Handkante gegen die Halsschlagader. Er hatte so etwas noch nie gemacht. Aber er verfuhr einfach so, wie er es im Kino viele Dutzend Male gesehen hatte. Verwundert darüber, daß es klappte, war er erst viel später. Der Polizist brach mit einem leisen Seufzer in die Knie. Schimanski nahm die Pistole an sich, schob den besinnungslosen Beamten in eine kleine Kammer und drehte den Schlüssel um.

Dort, wo der Polizist gestanden hatte, befand sich ein Fahrstuhl. Schimanski holte ihn mit einem Knopfdruck. Eberhard war längst wieder eingeschlafen. Die Minuten verrannen, der Lift kam und kam nicht. Und als er endlich mit einem lauten Klack vor Schimanski Halt machte, kamen zwei Schwestern heraus. Schimanski hatte gerade noch Zeit, die Pistole unter das Kopfkissen zu schieben. Mit tief gesenktem Kopf schob er das Bett in den Aufzug. Eines der Mädchen hielt ihm freundlich die Tür auf.

Im Aufzug drückte er auf den untersten Knopf. Er langte im Keller an. Vorsichtig deichselte er Eberhards Bett zwischen zwei Heizkessel und machte sich auf die Suche nach einer Tür. Im stillen rechnete er damit, daß jeden Augenblick die Alarmsirene losheulen würde.

Er fand eine Tür, durch deren verschmierte und vergitterte Scheiben eine Außentreppe zu erkennen war. Er holte Eberhards Bett und bewaffnete sich bei der Gelegenheit mit einem Schürhaken. Die Tür war aus schwerem Holz, die Schlösser braun vor Rost. Schimanski brauchte all seine Kraft, und er hatte auch damals schon eine Menge davon, um sie aufzubrechen. Der Schweiß lief ihm in die Augen und in Bächen zwischen den Schulterblättern hinab. Eberhard wurde einen Augenblick wach und flüsterte: »Sinnlos, Horst. Es ist sinnlos!«

Aber genau in dem Moment sprang die Tür auf. Schimanski, der noch nie in seinem Leben eine Pistole in der Hand gehabt hatte, sprang mit vorgestreckter Waffe die Treppe hinauf. Er hätte sie nicht einmal entsichern können.

Vor ihm lag eine dunkle, ausgestorbene Gasse mit einem groben Kopfsteinpflaster. Er traute seinen Augen nicht. Links von ihm erhob sich die Gefängnismauer. Oben hörte man Schritte. Die Krankenstation hatte also einen Ausgang zur Straße. Schimanski spurtete los, um den Audi zu holen. Er parkte auf der entgegengesetzten Seite des Gebäudes. Als er um die Mauerecke bog, sah er zwei Polizeibeamte, die sich das Fahrzeug von allen Seiten anschauten. Schimanski wich ein paar Schritte zurück und entledigte sich der Krankenpfleger-Klamotten, um dann so beiläufig wie möglich auf die neugierigen Beamten zuzugehen.

»Hallo«, grüßte er, »schönes Auto, was?«

Sie nickten, und einer sagte: »Audi gutt!« Dann deutete er auf das CD-Schild und sagte: »Du Diplomatt?«

Schimanski nickte und versuchte, so gut es ging, wie ein Diplomat auszusehen. Sehr glaubhaft schien es den beiden ja doch nicht zu sein. Schimanski lächelte breit: »Ich nicht, mein Bruder!«

»Aha«, sagte der Beamte, der ein wenig Deutsch sprach, »Bruder wissen, du Auto?«

Schimanski nickte heftig. »Mein Bruder ist ein Pfundskerl, müßt ihr wissen!« Das hatte der Beamte nicht verstanden, aber er machte dann doch den Weg frei. Schimanski stieg in das Auto ein und mußte sich beherrschen, um nicht mit einem Blitzstart davonzufahren. Langsam rollte er über den Platz, winkte den Polizisten noch mal zu und bog dann um die Ecke. Der Kittel des Krankenpflegers wickelte sich um das rechte Vorderrad und wurde ein Stück mitgeschleift. An der Treppe parkte Schimanski den Wagen. Noch immer war kein Alarm ausgelöst worden.

Erst sehr viel später erfuhr Schimanski, daß der Arzt noch einmal zurückgekehrt war und das elektrische System des gesamten Krankenhauses lahmgelegt hatte. Vermutlich wäre sonst spätestens bei dem Versuch, die Kellertür aufzubrechen, der Alarm losgegangen. Schimanski hob seinen Bruder vom Bett und trug ihn die Treppe hinauf. Eberhard stöhnte etwas, das wie »Mutter« klang. Schimanski legte ihn auf den Rücksitz und deckte ein teures Wollplaid über ihn. Er fuhr bis zum Stadtrand und ging dort in eine Kneipe. »Telefonieren«, sagte er. Der Wirt nickte freundlich und zeigte auf ein Telefon, das auf der Theke stand.

»Spricht hier jemand Deutsch?« rief Schimanski in den Raum. Zwei Männer standen auf und kamen zu ihm herüber. »Ich habe in Deutschland gearbeitet.«

»Wenn du schlechte Erfahrungen gemacht hast, laß es jetzt nicht an mir aus«, sagte Schimanski fast flehentlich.

»Ich habe nur gute Erfahrungen gemacht.«

»Ich muß einen Mann finden. Er heißt Lenzen und arbeitet bei der deutschen Botschaft.«

Ein großes Palaver begann. Der Wirt schleppte einen

Stapel Telefonbücher herbei. Er hatte sie nach und nach angeschafft, weil in jedem eine Menge Seiten fehlten. So aber war das Verzeichnis halbwegs komplett. Lenzen jedenfalls stand drin. Schimanski wollte wählen, aber man mußte Geldstücke in den Apparat legen und, sobald man Verbindung hatte, durch einen Schieber ins Innere befördern. Lachend gab ihm sein neuer Freund die Münzen.

Lenzen war fast sofort am Apparat. »Ja, Hallo?« bellte seine Stimme.

»Hier ist Schimanski. Ich war heute bei Ihnen, wegen meinem Bruder, Sie wissen schon.«

»Ja!«

»Ich habe Ihr Auto!«

»Was?!?«

»Ja. Und ich behalte es auch vorerst. Ich habe meinen Bruder da herausgeholt, und jetzt bringe ich ihn weg. Und wenn Sie die Polizei rufen…«

»Das habe ich schon längst getan«, sagte Lenzen.

»Dann machen Sie es rückgängig.«

»Ausgeschlossen.«

»Wenn ich meinen Bruder nicht heil rauskriege, büßen Sie's«, brüllte Schimanski in den Apparat.

Die beiden Türken, die Deutsch sprachen, starrten ihn mit großen Augen an.

»Passen Sie auf, Schimanski, Sie kommen nicht weit. Ihr Bruder hat doch nicht mal Papiere.«

Daran hatte er nicht gedacht. »Kommen Sie in die Botschaft.«

»Und dann?«

»Sehen wir weiter.«

»Sie übergeben mich doch der Polizei, Mann!«

»Hören Sie, ich habe deutsche Interessen zu vertreten. Wir finden einen Weg, es muß aber schnell gehen und ohne Aufsehen.«

»Okay, in zwanzig Minuten bin ich da...«, sagte Schimanski in den Hörer.

»Ich auch, ich nehme ein Taxi.«

Lenzen wußte tatsächlich einen Weg. Keinen ganz legalen, aber einen, der Eberhards Zustand berücksichtigte. Er versorgte ihn mit gültigen Reisepapieren und stellte einen Eilantrag auf eine Krankenbeförderung mit der Flugrettung. Das alles lief wie am Schnürchen. Und keinen Augenblick lang verlor Lenzen seinen blasierten, gelangweilten Gesichtsausdruck.

»Alle Achtung«, sagte Schimanski, als Lenzen seine Vorbereitungen getroffen hatte.

»Kein Problem«, sagte Lenzen.

Eberhard erhielt von einem deutschen Arzt, den Lenzen kommen ließ, zwei Spritzen. Aus dem Fundus der Botschaft – so etwas gab es tatsächlich – wurde er mit Kleidungsstücken versorgt, die ihm halbwegs paßten. Ein Fahrer der Botschaft brachte sie zwei Stunden später zum Flughafen. Als sie ankamen, landete gerade auch die deutsche Maschine der Flugrettung mit einem kompletten Set an Bord. Am frühen Morgen erreichten sie Frankfurt, zwei Stunden später Berlin. Schimanski fragte sich manchmal, wie lange sein Zweimannzelt wohl noch in der Macchia weit vor den Toren Ankaras gestanden haben mochte. Inzwischen war das Gelände vermutlich längst überbaut.

Die Platte war abgelaufen. Der Apparat hatte sich ausgeschaltet. Schimanski schnellte mit einem Satz von der Rückenlage in den Stand. Er kramte unter seinen Tonbandkassetten, bis er ein altes Band fand. ›Sloop John B‹ und ›Hallo Mary Lou‹, das waren die Lieder, die sie damals gemeinsam gehört hatten, er und sein Bruder.

Königsberg, der Schimanskis Türkei-Abenteuer natürlich kannte, sagte manchmal: »Du glaubst noch immer, daß es so geht. Augen zu, Kopf eingezogen und mitten durch.«

Schimanski glaubte nicht, daß es noch immer so ging, und verhielt sich trotzdem immer wieder so. Karl Königsberg – so einen Menschen traf man nur einmal in seinem Leben, und dann mußte man auch noch unverschämtes Glück haben. Er war eine Zeitlang der Freund von Schimanskis Mutter gewesen und der einzige Mensch, der ihr zu allen Zeiten beigestanden hatte. Auch nachdem die beiden sich schon wieder getrennt hatten. Schimanski hätte sich damals eher gewünscht, sie wären zusammen geblieben.

Auf jeden Fall hatte es Königsberg auf sich genommen, die beiden Jungen im Auge zu behalten, was zumindest bei Horst Schimanski kein leichtes Unterfangen gewesen war. Denn der hatte es schnell gelernt, wie man sich strengen Blicken entzog.

Schimanski mußte sich davor schützen, die Vergangenheit weiter aufzurollen. Er fühlte das wie eine Verpflichtung in sich, aber er wußte auch, was dabei herauskam. Er kannte das. Am Ende wurde er sentimental, suchte eine Frau, die seine Mutter oder doch fast seine Mutter sein konnte, und warf sich ihr an den Busen. Zum Glück hatte er nichts getrunken. Er hatte verschiedene Möglichkeiten. Er konnte zu Thanner gehen oder bei Hänschen anrufen. Da wäre auch noch Hanna gewesen. Oder sollte er einen Zug durch die Gemeinde machen? Hanna, das wäre eigentlich genau das richtige jetzt.

Er ging zum Kühlschrank. Da war eine Flasche Korn drin, ein französischer Weißwein, Blanc de Blanc, und eine Dose Pulverkaffee. Schimanski ließ sich nicht davon abbringen, daß der da rein gehörte, weil er doch gefriergetrocknet war. Er warf die Kühlschranktür wieder zu.

Und dann tat er etwas ganz anderes. Er stieg die Treppe hinab, setzte sich hinter das Steuer seines Wagens und fuhr auf die Schrottinsel. Die Tunesier empfingen ihn freundlich. Nichts war geschehen seit der letzten Nacht. Diesmal hatten ihn die Wachen gemeldet. Aber Schimanski war für sie kein Grund mehr, auf das Schiff zu fliehen. Ali strahlte über das ganze Gesicht. »Du guter Mann«, sagte er.

Schimanski hob abwehrend die Hände. »Da gibt es Leute, die sind ganz anderer Meinung.«

»Das dumme Leute.«

Schimanski lachte unwillkürlich. Er fühlte sich wohl in der Baracke. Der Geruch gefiel ihm, er mochte die Gesichter und die Gastfreundschaft dieser Menschen, die sich hier fühlen mußten wie auf einem fremden Planeten und doch sofort begonnen hatten, sich ein Stück Heimat einzurichten.

»Du schon gegessen?« fragte Ali. Schimanski schüttelte den Kopf. Heute gab es ein Rindfleischgericht mit Fladenbrot – scharf zwar, aber wunderbar im Geschmack.

»Ihr seid sicher gute Maurer, aber bestimmt seid ihr noch bessere Köche«, sagte Schimanski. Ali übersetzte, und die Männer dankten ihm mit höflichen Verbeugungen.

»Paß auf«, sagte Schimanski zu Ali, »ich muß einen fangen, gegen den ist Weisser ein Heiliger. Der Typ wird irgendwann in allernächster Zeit ein paar hundert Kisten Munition und Waffen stehlen und hier verladen – wenigstens nehme ich das an. Es könnte sein, daß ihr etwas bemerkt. Wir müssen einen Weg finden, wie du mich benachrichtigst, ohne daß du dich und deine Leute gefährdest.«

Ali lächelte ihn freundlich an. »Ich durchaus können mit Telefon umgehen.«

Das wirkte auf Schimanski so komisch und nach seinen Grübeleien in den letzten Stunden so befreiend, daß er lauthals zu lachen begann. Und dieses Lachen wiederum wirkte so auf die Männer, daß sie begeistert mit einstimmten. Später fragte Schimanski nach einem Schnaps oder wenigstens nach einem Bier, aber Ali sagte ihm mit ernstem Gesicht, daß ihnen der Alkohol untersagt sei. Verschmitzt fügte er hinzu: »Wir nicht umsonst so gute Bauarbeiter – kein Bier, kein Schnaps, immer bei Verstand.«

Schimanski schämte sich ein wenig.

Er blieb bis kurz nach Mitternacht.

Und als er sich verabschiedete, wußte er, daß seine finsteren Gedanken für diese Nacht vertrieben waren. Zu Hause warf er sich auf sein Bett und schlief wie ein Stein bis in den Morgen des nächsten Tages.

VI

Schimanski war früher als gewöhnlich ins Büro gefahren. Er hatte zu Hause gefrühstückt und fühlte sich angenehm frisch und fit. Das schöne Wetter hatte angehalten. Zwar zogen weiße Wolkenschleier über den blitzblauen Himmel, aber die Sonne hatte noch viel Kraft, und die Menschen verhielten sich wie in den ersten Frühlingstagen. Schimanski, der sich manchmal etwas darauf zugute tat, daß er einschneidende Ereignisse vorausahnte – verspürte an diesem Oktobermorgen nicht den leisesten Hauch einer Vorahnung. Er spürte nur, daß er mit sich selbst einigermaßen im Lot war.

Thanner brütete über dem Bericht der Spurensicherung. Stadelmaier war mit einer israelischen Pistole erschossen worden. Aber das gab wenig Aufschluß, zur Zeit wurden Waffen aus Israel reichlich gehandelt, Thanner meinte, wegen des Designs. Fingerabdrücke gab es im ›Manhattan‹ so viele, daß es leichter gewesen wäre, eine Träne im Ozean zu finden als die Prints des Schützen. Der Arzt hatte festgestellt, daß Stadelmaier von den Schüssen überrascht worden war. »Keine Adrenalin-Mehrausschüttung«, zitierte Thanner. »Weniger Spuren hat selten ein Killer hinterlassen.« Das Telefon klingelte. Schimanski nahm ab, am anderen Ende meldete sich Bernie.

»Sieht so aus, als ob's in der nächsten Nacht losginge«, sagte er.

»Erzähl's keinem weiter«, gab Schimanski zurück, »wo treffen wir uns?«

»Zehn Uhr am Schwanentor.«

»Gebongt, das heißt, sag mal, ist das nicht zu spät, wir müssen ja immerhin noch nach Führstadt raus?«

»Okay, neun Uhr.«

Schimanski legte auf. Thanner sah ihn an. »Führstadt – das ist doch die Geschichte mit dem Munitionsdepot.«

»Stimmt, aber häng's nicht an die große Glocke, sei so gut.«

Thanner nickte. »Verstehe. Aber ich sage Hänschen Bescheid.«

Eine Viertelstunde später wurden sie in Königsbergs Zimmer gerufen. Tumler, Hänschen und Dr. Born waren schon dort. Auf Königsbergs Schreibtisch lag ein Fernschreiben, auf das die drei starrten, als ob es explosiv oder giftig wäre. Schimanski deutete mit dem Daumen darauf. »Ist das der Grund?«

»Allerdings«, sagte Königsberg.

»Und das ausgerechnet jetzt«, meinte Tumler. Er sah übernächtigt aus.

»Und was steht da drin?«

»Die Ermittlungen sind mit sofortiger Wirkung einzustellen.«

»Kann ich das noch mal hören?«

»Ich denke, der Text ist klar.«

Thanner sagte: »Was Grüber anbelangt, stehen wir ja wohl unter dem gesetzlichen Strafverfolgungszwang. Der Mann ist hinreichend verdächtigt, einen Killer angeheuert und für zwei, vielleich drei niederträchtige Morde eingesetzt zu haben.«

»Gemeint sind die Waffenlieferungen«, meldete sich Dr. Born. »Man befürchtet offensichtlich politische Verwicklungen.«

»Blödsinn!« sagte Schimanski.

»Der lange Arm des Monsieur Mercier«, sagte Thanner.

Hänschen meinte: »Das ist überall so, auch bei uns in Holland: Die Politik steht über der Kriminalistik.«

Schimanski tigerte im Zimmer auf und ab. »Das darf doch nicht wahr sein«, polterte er los, »da liefert so ein Schwein Waffen nach Persien und in den Irak. Die armen Säue da unten ballern aufeinander mit Gewehren aus der gleichen Lieferung. Und wir sitzen hier und üben uns in politischer Zurückhaltung. Ich glaube, ihr habt alle einen Vogel. Diesen Typen muß man doch das Handwerk legen. Die verdienen ihre Millionen doch mit dem Tod anderer Menschen. Und ausgerechnet wir Deutsche sollen das zulassen?«

»Das sind zu einfache Überlegungen«, sagte Tumler.

»Einfach, aber richtig«, knurrte Thanner, der schon Front machte, wenn Tumler nur den Mund auftat.

»Für mich jedenfalls ist meine Mission hier beendet«, sagte Tumler.

»Mission!« sagte Thanner verächtlich.

»Das passiert mir nicht das erste Mal«, Tumler schien gänzlich unbeeindruckt zu sein. »Ich räume morgen den Schreibtisch auf, der mir hier freundlicherweise zur Verfügung gestellt wurde…«

Schimanski ging dazwischen. »So schnell geben Sie auf?«

»Ich schreibe noch meinen Bericht, und morgen früh fahre ich zurück nach Wiesbaden.«

»Im nagelneuen silbermetallic Ford Scorpio«, sagte Thanner gehässig.

Schimanski ließ sich eine halbe Stunde später Toni vorführen. »Hör mal«, sagte er zu dem Zuhälter, »die Dinge spitzen sich zu. Grüber nehmen wir in den nächsten Stunden hops. Ich denke, daß man bei ihm den einen oder anderen Hinweis finden könnte auf den Killer, den du ihm beschafft hast.«

Um Tonis Augen spielte ein listiger Zug. »Dann kannst du dich ja wieder bei mir melden, Schimanski.«

»Ne, du, so läuft die Geschichte nicht mehr. Wenn du nicht auch ein bißchen Butter bei die Fische gibst, wird meine Aussage vor Gericht nicht sehr hilfreich für dich sein.«

»Schimanski, du bist ein Aas.«

»Du bist nicht der erste, der das zu mir sagt, Toni-Bär.«

»Du hast Übung darin, Leute unter Druck zu setzen.«

»Ich habe Übung in meinem Beruf, Toni.«

»Welche Garantien habe ich?«

»Wofür?«

»Dafür, daß ich nicht als Verräter gelte.«

»Keine.«

»Na – siehste.«

»Ich bin ehrlich zu dir, Toni. Du hast 'ne Chance, irgendwann wieder draußen zu sein. Dann sitzen Typen wie der Killer noch lange.«

»Und Grüber?«

»Der sitzt auch erst mal länger als du. Übrigens: Ich muß dir noch sagen: Geibel ist tot.«

»Du wirst nicht erwarten, daß ich darüber traurig bin.«

»Geibel hieß mit wirklichem Namen Günter Stadelmaier, war Hauptkommissar beim Bundeskriminalamt und...«

»Ein Spitzel von euch also!«

»Ein verdeckter Ermittler, so heißt das.«

»Mir doch scheißegal, wie das heißt.«

»Er hat 'ne Menge rausgekriegt«, Schimanski blieb unbeeindruckt von Tonis Ausfällen, »du mußt wissen, wo dein Vorteil liegt.«

»Ich muß nachdenken, Schimmi.«

»Tut mir leid.«

»Heißt das, du läßt mir keine Zeit?«

»Du hast's erkannt, Toni-Bär.«

»Schimanski, mit dir darf man sich nicht einlassen.«

»Warum denn nicht?«

»Du bist unsereinem zu ähnlich.«

»Toni vergiß nicht, ich bin auf der anderen Seite!«

»Zufall!«

»Das würde ich nun wieder nicht sagen.«

»Leute wie ich bieten Leuten wie dir immer an, die Seite zu wechseln«, sagte Toni.

»Ja, im Kino, und dann haben die Leute, die Leuten wie mir so was anbieten, auch ein anderes Format als du, und Leute wie ich sagen trotzdem ›nein‹.«

»Bist du vielleicht Humphrey Bogart?«

»Jetzt hör auf, Toni, wir reden über hier und jetzt.«

Toni grinste. »In diesem unserem Land.«

»Ich will nur eins von dir, Toni, den Namen des Killers.«

»Und was wird aus mir?«

»Wir nehmen den Killer fest und überführen ihn. Er sitzt bis an sein Lebensende, und ich verwende mich für dich.«

Toni sah Schimanski direkt in die Augen.

»Ich habe den Killer vermittelt. Ich bin mitschuldig am Tod der beiden Mädchen. Vielleicht sogar am Tod von Mottenpaule.«

Schimanski horchte auf. »Sag mal, weißt du das denn nicht?«

»Ich weiß, daß ich keinen Killer vermittelt habe, der Mottenpaule ins Jenseits befördern sollte. Dazu hätte ich mich auch niemals hergegeben. Aber es ist natürlich möglich, daß sich Grüber ein zweites Mal den gleichen Mann genommen hat.«

»Und die Waffe?«

»Schimmi, ich weiß nicht, wie die Waffe in meinen Aktenschrank gekommen ist.«

»Da schüttelt sich aber langsam schon etwas zusammen.«

Schimanski ging zur Tür und bat den uniformierten Beamten draußen, er möge doch mal eine Flasche Whisky beschaffen – irischen. Er wußte, daß Toni viel lieber irischen Whisky trank als schottischen.

Schimanski kehrte an den Tisch zurück. Er stellte einen Fuß auf den Stuhl und sah auf Toni hinab.

»Toni, Grüber ist ein kaputter Typ. Der funktioniert, weiter nichts. Unsere Welt besteht heute hauptsächlich aus solchen Funktionierern. Leute, die auf eigene Faust was machen, Leute wie du und ich sind selten geworden.«

»Schimanski, halt mich nicht für dumm. Du machst dich doch niemals gemein mit einem wie mir. Trotzdem höre ich es gerne und möchte es irgendwie glauben.«

»Und?«

»Deine Sympathie wäre mir was wert.«

»Was denn, vor dem ersten Whisky?«

»Nach dem ersten Whisky erst recht.«

»Und was willst du mir damit sagen?«

»Daß du mich gleich da hast, wo du mich haben willst.«

»Dann könnteste das Verfahren aber auch abkürzen, Toni.«

»Damit ich um meinen Whisky komme?«

Der Whisky kam. Der Beamte brachte zwei Zahnputzgläser mit – die gleichen, die den Gefangenen zur Verfügung gestellt wurden und aus denen die Kriminalpolizisten ihr Bier tranken – Großeinkauf!

Schimanski schenkte ein und sagte: »Also, du Opferlamm, wehr dich nicht länger als nötig.«

Toni trank, und er genoß es.

Schimanski trank auch, aber er genoß es in diesem Augenblick nicht.

»Nun?« sagte er.

»Laß mir Zeit«, antwortete Toni.

Er leerte sein Glas. Schimanski goß nach.

»Hillermaier!« sagte Toni schließlich, »Karl Maria Hillermaier!«

»Ehrlich?«

»Glaubst du mir nicht?«

»Heißt er nicht vielleicht Killermaier?«

»Geschmacklos«, sagte Toni und goß sich selber noch mal ein.

»Prost, Toni«, sagte Schimanski, und der Gefangene antwortete: »So kriegst du jeden klein. Mit Alkohol ist fast alles möglich – vor allem nach ein paar Tagen Entzug.«

»Jetzt brauche ich noch die Adresse«, sagte Schimanski kühl.

»Aber es muß so aussehen, als wäret ihr über Grüber an ihn rangekommen.«

»Versprochen!«

»Also: Kernstraße 16 in Frankfurt. Der Mann hat übrigens studiert!«

»Der Hillermaier?«

»Ja.«

»Akademikerproletariat, hä?«

»Exakt.«

»Und was hat er studiert?«

»Jura!«

Die beiden brachen in schallendes Gelächter aus. Fröhlich klang es allerdings nicht, und Schimanski war auch unvermittelt wieder still.

»Wir haben die beiden Mädchen vergessen«, sagte er.

»Uschi und Monika?«

»Ja, die beiden.«

»Scheiße«, sagte Toni.

Und Schimanski hatte plötzlich so ein Gefühl, als ob er sich übergeben müßte.

»Mir wär's lieber, es wäre jetzt Abend«, sagte er.

»Solange ich hier bin, ist mir das egal«, meinte Toni und zog die Whisky-Flasche zu sich her.

»Jetzt noch ein Wort zu Mercier«, sagte Schimanski.

Toni schob die Whiskyflasche entschlossen wieder von sich. »So viel kann ich gar nicht saufen!«

»Okay«, erwiderte Schimanski, »lassen wir das. Ich geh' jetzt. Die Flasche kannst du mitnehmen. Ich sage Bescheid.«

Er ging zur Tür, wurde von Anton Keller aber noch mal aufgehalten. »Schimanski!«

»Ja?«

»Wenn ich dir sage, daß ich nicht wußte, wofür Grüber den Hillermaier angefordert hat...?«

»... glaub' ich dir kein Wort. Mach's gut, Toni-Bär!«

Schimanski ging hinaus und schlug, eigentlich gegen seinen Willen, die Tür hinter sich zu.

Früher hatte er sich nach solchen Situationen nach Hause zurückgezogen und sich den Kopf mit einer Brahmssinfonie vollgedröhnt. Heute ging er ins Freie und lief dreimal um den Block. Jetzt wußte er mit einem Mal, daß dieser Fall in seine entscheidende Phase getreten war. Schnell war es diesmal gegangen. Oft wartete man Wochen auf diesen Augenblick. Er kehrte in sein Dienstzimmer zurück.

Tumler hatte ihm eine Menge Akten auf den Schreibtisch gepackt. Schimanski dachte: ›Ein Glück, daß ich gar nicht erst angefangen habe, das Zeug alles zu lesen!‹

Tumler wirkte ruhig. Seine Bewegungen hatten etwas Abgezirkeltes, streng Bemessenes an sich.

Schimanski warf sich in seinen Schreibtischsessel und sah den Kollegen an. »Etwas wollte ich Sie die ganze Zeit fragen.«

»Nur zu!«

»Haben Sie ein Privatleben?«

Tumler lachte. »Das hat jeder Mensch.«

»Schon wär's«, sagte Schimanski, »aber wie sieht Ihres aus?«

»Sie sind indiskret!«

»Natürlich bin ich indiskret, ich war noch nie anders, wäre ich sonst Polizist geworden?«

»Und Sie sind viel intellektueller und sensibler, als Sie sich geben, Schimanski.«

»Und Sie sind ein Meister darin, die Dinge umzudrehen. Ich frage Sie nach Ihrem Privatleben, und wenn ich nicht aufpasse, sind wir plötzlich dabei, über meines zu reden. So geht's nicht, Genosse!«

»Nennen Sie mich nicht Genosse!«

»Ich wußte doch, daß Sie das trifft.«

Tumler schüttelte den Kopf. »Ich dachte, Sie fechten nur Säbel.«

»Ich fechte nicht, Tumler, ich bin nur auf der Hut!«

»Und wenn ich sage, daß ich Sie unterschätzt habe?«

»Sage ich: ›Mir schmeichelt das nicht.‹ Ich will immer noch wissen, wie Ihr Privatleben aussieht.«

»Ich lebe nicht mit einer Frau zusammen, wenn Sie das wissen wollen.«

»Haben Sie Freunde?«

»Ich hatte einen, das sagte ich Ihnen schon.«

»Familie?«

»Eine Mutter, die mich noch immer schurigeln kann, wenn sie es drauf anlegt.«

»Keine Geschwister?«

»Leider nein.«

»Schade. Wissen Sie, wenn einen alle im Stich lassen – die Geschwister halten am Ende doch immer zu einem.«

»Wir reden und reden«, sagte Tumler.

»Und es besteht die große Gefahr für Sie, daß wir uns dabei näher kommen«, sagte Schimanski.

Einen Augenblick lang sahen sich die Männer an.

»Ich habe noch eine Menge zu tun.« Der kalte Ton war in Tumlers Stimme zurückgekehrt.

»Und ich erst«, sagte Schimanski.

Tumler schob die Aktenordner ohne erkennbaren Sinn auf dem Schreibtisch hin und her. Unvermittelt sagte er: »Wir hätten uns mal früher kennenlernen sollen.«

»Glauben Sie, das hätte etwas geändert?«

»Für Sie wohl kaum!«

»Scheiße!« sagte Schimanski. »Irgendwie haben Sie mal die Weichen falsch gestellt.«

Tumler lächelte. »Wie recht Sie haben!«
Er verließ eilig das Zimmer.

Thanner drängte darauf, Grüber festzunehmen. Aber Schimanski bremste.

»Laß uns abwarten. Ich glaube zwar auch nicht daran, daß die Typen, die Bernie beobachtet hat, im Auftrag Grübers einbrechen, aber wenn...«

»Du glaubst doch nicht etwa, daß wir den auf frischer Tat ertappen?«

»Nein, aber einer der Diebe wird bestimmt auspacken. Immer vorausgesetzt, sie klauen tatsächlich im Auftrag Grübers.« Schimanski kannte Thanner so lange, daß er genau wußte, wann der nur ihm zuliebe nachgab. »Du glaubst mir wieder kein Wort«, sagte Schimanski.

»Richtig, aber es ist dein Törn, wir fahren auf deinem Kurs«, antwortete Thanner. Und dafür liebte ihn Schimanski. Thanner war ehrgeizig, das wußte jeder. Aber er war auch fair, und er war ein guter Freund. Das wußten die wenigsten.

»So einen wie dich kann man suchen«, sagte denn auch völlig unnötigerweise Schimanski. Und daß es unnötig war, gab ihm Thanner deutlich genug zu verstehen. »Du meinst: ›so einen Dummen wie mich kann man suchen‹!«

Schimanski grinste. »Einen Dummen darf es auf jedem Hof geben, nur der Bauer darf's nicht sein!«

»Und wer ist auf diesem Hof der Bauer?«

»Königsberg!«

Darin waren sie sich einig.

Königsberg hatte lange in seinem Schreibtischstuhl gesessen – weit zurückgelehnt und die Fingerspitzen beider Hände vor der Brust steil gegeneinander gestellt.

Schimanski kannte diese Haltung und nannte sie »Karl Königsbergs Art zu meditieren«. Plötzlich schnellte der Kriminalrat nach vorne und griff nach dem Hörer. Er wählte zwei Nummern und sagte dann: »Eine Verbindung zum Bundeskriminalamt bitte – Herrn Kriminaldirektor Dr. Horsmann!«

Es dauerte lange. Königsberg trommelte nervös mit den Fingern auf der Schreibtischplatte. Endlich meldete sich der Kriminaldirektor mit einer angenehm tiefen und weichen Stimme: »Ja, hier Horsmann!«

»Königsberg, Kripo Duisburg.«

»Ach ja?«

»Sie haben uns ein Fernschreiben geschickt!«

»Nicht daß ich wüßte, Herr Kollege.«

Thanner trat in Königsbergs Zimmer und fragte mit einer stummen Geste, ob er lieber draußen warten solle, Königsberg winkte ihn herein.

»Aber ich habe das Telex hier vor mir liegen«, rief Königsberg konsterniert ins Telefon. »Es hat die laufende Nummer 3171 und ist unterzeichnet mit Horsmann, Kriminaldirektor.«

»Kann ich Sie zurückrufen?« fragte Horsmann.

Königsberg gab ihm seine Durchwahlnummer und legte auf.

Thanner sagte: »Ich wollte gerne mit Ihnen über Tumler sprechen.«

Aber Königsberg hatte ihm gar nicht zugehört. Tief in Gedanken sagte er: »Eigentlich wollte ich mich beim BKA nur beschweren...«

»Ja, und?« Thanner trat dicht an den Schreibtisch heran.

»Horsmann gibt an, das Telex sei gar nicht von ihm.«

»Was?«

»Naja, kann ja sein, daß er erst mal zurückrufen will,

um zu erfahren, ob er's tatsächlich mit der Kripo hier in Duisburg zu tun hat.«

Er sah Thanner fragend an. »Was kann ich für Sie tun?«

»Geben Sie mir die Erlaubnis, gegen Tumler zu ermitteln!«

»Was?« Königsberg war unwillkürlich aufgesprungen.

»Tumler hat gelogen«, sagte Thanner ruhig, »und wenn ich nach einer Erklärung suche, warum Paul Nieber und Stadelmaier sterben mußten, dann gibt's für mich nur eine: Tumler hat unser Wissen an die Gegenseite weitergegeben. Anders ausgedrückt, Tumler ist ein Maulwurf.«

»Nun reicht's aber, Thanner!«

»Wenn das Telex getürkt ist, haben wir ein weiteres Indiz!«

»Sie können den Mann nicht leiden, aber das sollte Ihnen den Blick für die Tatsachen nicht trüben, Kommissar Thanner.«

»Im Moment habe vielleicht nur ich hier einen klaren Blick.«

»Was sagt denn Schimanski dazu?«

»Ich habe ihn nicht gefragt, er würde Tumler auch die Stange halten.«

Das Telefon auf Königsbergs Schreibtisch klingelte. Der Kriminalrat hob ab und meldete sich mit einem kurzen »Ja?« Dann ließ er sich in den Sessel fallen und sah Thanner mit einem Blick an, der durchaus sagen mochte: »Sie haben recht, tut mir leid!«

Als Königsberg aufgelegt hatte, zog er umständlich sein Taschentuch heraus und wischte den Schweiß von der Stirn. Thanner wartete geduldig.

»Horsmann sagt, das Fernschreiben sei tatsächlich beim BKA rausgegangen und das gestrige auch. Allerdings hat er nichts davon gewußt. Die Fernschreiben müssen ihm beide unterschoben worden sein – meint er. Von einer Einstellung der Ermittlungen gegen Grüber und Mercier könne keine Rede sein und von politischen Rücksichten auch nicht!«

Thanner konnte seinen Triumph nur schwer verbergen.

»Also«, sagte er, »schalten Sie den Staatsanwalt ein?«

»Ja, sicher, sicher...« Königsberg rang noch immer um seine Fassung.

»Und Sie geben mir freie Hand, Chef?«

»Mhm.« Königsberg nickte fast schon ergeben. »Aber kein Wort zu Schimanski vorerst, der ist imstande und schlägt den Kerl krankenhausreif, wenn nicht noch mehr!«

Thanner zuckte mit den Achseln. Er ging, sehr mit sich zufrieden, hinaus.

Königsberg lehnte sich in seinen Sessel zurück und nahm wieder seine Meditationshaltung ein.

Schimanski – wenn ihm damals jemand gesagt hätte, daß der einmal bei der Polizei und in seinem eigenen Dezernat landen würde.

Es war damals in Berlin gewesen. Er hatte Vera Schimanski zufällig kennengelernt. Bei Freunden – wie das halt so geht. Sie hatte ihm auf Anhieb gefallen. Eine herbe Frau, groß gewachsen mit grauen Strähnen im Haar und einer ungewöhnlich aufrechten, ja stolzen Haltung. Sie war damals knapp 40 Jahre alt, und sie hatte sehr blaue Augen. Seltsam, wie unzusammenhängend die Einzelheiten waren, an die er sich erinnerte. Vera Schimanski brachte ihre beiden Söhne allein durch – als Röntgenassistentin, wie er drei Tage später erfuhr. Er hatte sie wieder getroffen, bei einem Arzt, den er wegen seiner Rückengeschichte aufsuchen mußte. Es war ein

Zufall. Natürlich! Aber er hielt es damals für einen Fingerzeig des Schicksals. Er lud sie zum Abendessen ein. Sie stimmte sofort zu. Und als er im Verlauf des Abends sagte, er sei zu alt, um lange herumzureden, ob sie mit ihm kommen wolle, er habe einfach das unbändige Bedürfnis, sie in den Arm zu nehmen und so schnell nicht wieder loszulassen – da stimmt sie ebenfalls zu. Ernst und gelassen.

Die Leidenschaft, die er in der Nacht damals bei ihr entdeckte, schien ihm in einem großen Widerspruch zu diesem Ernst und dieser Gelassenheit zu stehen. Und das sagte er ihr auch.

»Wie dumm du sein kannst«, hatte sie geantwortet, »als ob das eine nicht mit dem anderen zu tun hätte. Aber zugegeben, ich nehm's nicht auf die leichte Schulter.«

Er hatte dann Eberhard und Horst kennengelernt. Den ernsten älteren und den ungebärdigen jüngeren Sohn der Vera Schimanski. Horst wuchs ihm schnell ans Herz. Und ihre Verbundenheit hielt sich über den Tag hinaus, an dem Vera gesagt hatte: »So geht es nicht weiter, Karl. Ich liebe dich, und ich würde gerne mit dir leben. Aber ich will dir auch nichts vormachen. Wenn mein Mann wiederkame, würde ich mich wieder für ihn entscheiden. Es ist Unrecht gegen dich, wenn wir zusammenbleiben. Wir müssen es aufgeben.«

Er war wie vor den Kopf geschlagen gewesen. Aber wenn Vera so etwas sagte, war es überlegt und endgültig. Er wußte das, aber er wollte es nicht akzeptieren.

Er hatte in seiner Verzweiflung auch mit den beiden Jungen darüber gesprochen. Aber beide hatten ihm geantwortet, das sei nicht ihre Sache. Und auch Vera sagte: »Zwischen dir und den Jungs muß sich ja nichts ändern.«

Jahre später hatte er einen Einsatz gegen Demonstranten zu leiten, die gegen den Vietnamkrieg der Amerikaner protestierten. Horst ging auf deren Seite mit. Königsberg hatte das damals für die ohnmächtige Wut der jungen Generation auf den Krieg, auf jeden Krieg, gehalten – einer Generation, die er eigentlich für friedfertig und idealistisch hielt.

Seine Leute hatten die Straßen abgeriegelt und rückten gegen die Demonstranten vor, die Stimmung war aufgeheizt und aggressiv. Die ersten Steine flogen, es mußte gleich zum Knall kommen. Mit dem Megaphon in der Hand war Königsberg dem Zug entgegengetreten und hatte die Demonstranten aufgefordert, die Demonstration aufzulösen. Ruhig und beschwichtigend im Ton, wie es seine Art war. Da wurde er von einem Stein an die Stirn getroffen und ging in die Knie. Zwei Demonstranten wollten auf ihn losgehen, einer trat nach ihm. Da stellte sich Horst Schimanski gegen seine Genossen. Das würde er nie vergessen, wie der Horst schrie: »Seid ihr denn verrückt, der Mann ist verletzt. Ich kenn' den. Der ist genau so gegen den Scheißkrieg wie ihr!«

Sie verhöhnten Horst Schimanski. Und er drehte sich einfach um und hob, schon damals stark wie ein Bär, Königsberg auf und trug ihn auf den Armen aus dem ganzen Schlamassel heraus zum nächsten Sanka.

Königsberg lächelte. Horst war nicht der einzige Achtundsechziger, der heute bei der Polizei arbeitete. Allerdings unterschieden die sich alle von ihren Kollegen, zumal von den jüngeren. Jeder von denen dachte differenzierter und zeigte weit weniger Gehorsam als die anderen – vor allem nicht jenen vorauseilenden Gehorsam, den alle karrieregeilen Beamten besaßen, die ihm und anderen Vorgesetzten immer schon alles im vorhinein recht machen wollten. Wenn die gewußt hätten...!

Weissers Büros waren in einem häßlichen Wohnblock aus der Nachkriegszeit untergebracht. In seinem Gewerbe gab es keine Repräsentationspflichten. Zwei halbdunkle Räume auf den Hinterhof hinaus genügten dem Unternehmen. Die schäbige Einrichtung bestand aus Metalltischen und einfachen Bürostühlen, alles gebraucht gekauft. An den Wänden hingen Stecktafeln. Die Neonröhren brannten hier den ganzen Tag.

Schimanski ging hinein, ohne anzuklopfen.

Weisser war vielleicht 60 Jahre alt, er hatte ein rotwangiges Gesicht mit einer mächtigen, ebenfalls stark geröteten Knollennase. Er trug einen abgewetzten Anzug mit Weste, beides in mausgrau, aber keine Krawatte dazu. Seine spärlichen Haare hatte er in ein paar Strähnen quer über die Glatze gekämmt. Als er sich aus seinem Bürostuhl wuchtete, sah Schimanski, daß der kaum 1,70 m große Mann gut zwei Zentner wiegen mußte. Er schob sich um den Schreibtisch herum und sagte:

»Ja?«

»Sind Sie der Mann, der Arbeitskräfte beschafft?«

»Brauchen Sie welche?«

Schimanski war überrascht. »Ich? Ja sicher.«

»Ich habe keine.«

»Da habe ich aber andere Informationen.«

»So?«

»Ja!«

Die beiden schauten sich an. Jeder taxierte den anderen. Plötzlich streckte Weisser seinen fleischigen Zeigefinger vor. »Sie sind einer von denen, die sich nicht hätten selbständig machen sollen.«

»Ach, das sehen Sie?« Das Spiel begann Schimanski Spaß zu machen.

»Jeder kleine Meister hat irgendwann gedacht, er sei zum Unternehmer geboren. Mein lieber Herr... äh...«

»Schimanski!«

»Und dann auch noch so'n Pollackenname.«

»Na hören Sie mal, daß mein Ururgroßvater...«

»Sagen Sie das mal einem Juden!«

»Da haben Sie allerdings recht.«

Weisser blinzelte ihn mit seinen wäßrigen Augen an. »Wenn ich Arbeiter hätte...«

»Ich würde ein paar geschickte brauchen. Nur für einen Ausbau. Ein Kunde will seinen Innenhof neu gestalten, Säulen, Bogen und so'n Kram. Ich habe niemand, der das kann.«

»Aha. Vielleicht wüßte ich da jemand.«

»Können Sie mir da eine Adresse geben oder so?«

Weisser lachte, daß seine hängenden Backen wackelten.

»Ich betreibe ein sensibles Geschäft.«

»Von der Sorte kenne ich schon ein paar«, sagte Schimanski grinsend, »aber die sind in einer anderen Branche tätig. Man hat mir übrigens gesagt, Sie hätten da ein paar Nordafrikaner...«

»Ja, Leute, um die ich mich annehme. Arme Schweine. Die haben grade mal die Möglichkeit, hier ein paar Wochen zu bleiben. Ich bin für die wie 'n Vater. Und am Ende kann ich ihnen ja doch nicht helfen.«

»Tja, das glaube ich.«

»Ich weiß nicht«, sagte Weisser bedächtig, »ohne Sicherheit läuft da gar nichts.«

»Was verstehen Sie denn unter Sicherheit?«

»Na ja, weiß ich denn, ob Sie mir nicht das Gewerbeaufsichtsamt auf den Hals hetzen?«

Götz George – endlich einmal strahlend und nicht mürrisch

Götz George mit Cornelia Froboess

»Ach, haben Ihre Arbeiter denn keine Papiere?«

»Noch nicht. Aber soll ich die armen Schweine denn so lange hungern lassen. Und dann die Langeweile, während sie warten, daß dieser lahmarschige Staat was entscheidet. Die kommen doch auf die dümmsten Gedanken. Ich helfe denen und ich selbst..., also ich bewege mich da natürlich ganz im gesetzlichen Rahmen, aber für die Burschen ist's natürlich schwieriger.«

»Verstehe.«

»Also ich glaube nicht...«

»Was würden Sie denn pro Mann und Stunde verlangen?« fragte Schimanski.

»37 Mark.«

»Das ist nicht teuer. Ich berechne meinen Kunden 48 pro Mann und Stunde.«

»Und da sind Sie auch noch billig«, Weisser lachte in sich hinein.

»Kriegen diese Marokkaner oder Tunesier oder Algerier, oder was sie sind, denn irgendwann einmal eine Arbeitserlaubnis?«

»Das wäre ja wohl nicht Ihr Problem, denn so lange können Sie mit dem Innenhof ja garantiert nicht warten.«

»Da haben Sie natürlich auch wieder recht. Haben Sie denn nicht Sorge, daß Ihnen die Afrikaner ausbüchsen?«

»Warum denn? Ne, ne, ne, die sind sehr zuverlässig. Außerdem«, er patschte mit seiner rechten Hand auf einen kleinen Tresor, »ich habe ihre Pässe. Ohne die sind die Kerle doch in jedem Fall geliefert, wenn sie irgendwas auf eigene Faust probieren.«

»Ganz schön clever. Die Jungs glauben aber, daß Sie ihnen Arbeitspapiere beschaffen und nur deshalb die Pässe an sich genommen haben.«

Die Schweinsäuglein wurden schmal und verschwammen fast in dem feisten Gesicht des Menschenhändlers. »Woher wollen Sie das wissen?«

»Na von wem wohl, von den tunesischen Bauarbeitern.«

»Ich wußte doch, daß Sie nicht koscher sind, Mann.«

Schimanski grinste. »Kann ja nicht jeder so ein anständiger Mensch sein wie Sie!«

»Jetzt aber raus hier!«

»Bleiben Sie gelassen, Weisser. Ich habe Ihnen noch etwas zu sagen. Wenn die Jungs ihre Pässe nicht kriegen, sobald sie danach verlangen, kriegen Sie's mit mir zu tun.«

Weisser lachte blubbernd. »Das wird was sein!«

Schimanski faßte über den Tisch, packte Weissers Hemd an der Knopfleiste und drehte es um seine Faust, bis der Kragen in Weissers fetten Hals einschnitt.

»Ich würd's nicht auf die leichte Schulter nehmen.«

Er ließ Weisser los, und der plumpste auf seinen Stuhl.

»Sie sind gar kein Bauunternehmer«, japste er.

»Ne, bin ich auch nicht.«

»Und wer sind Sie dann? Wie einer von der Polizei sehen Sie auch nicht aus.«

»Sagen wir mal so, ich bin so 'ne Art Ombudsmann für die Jungs, mit denen Sie handeln, und ich schaue da ganz anders nach dem Rechten als das Gewerbeaufsichtsamt oder irgend ein paar Streifenbullen. Sie können's glauben, Weisser, oder bleiben lassen. Aber an Ihrer Stelle wäre ich ab jetzt vorsichtig. Und zu meinen Arbeitern wäre ich tatsächlich wie ein Vater.«

Schimanski klopfte mit den Fingerknöcheln auf den Tisch und ging hinaus. Kaum hatte sich die Tür geschlossen, griff Weisser nach dem Telefon. Zehn Minuten später wußte er, wer Schimanski war.

Bis zu Hannas Kneipe waren es nur ein paar Schritte. Schimanski schlenderte die Gasse hinunter und betrat das kleine Lokal. Es war kurz nach zwölf Uhr. Hanna bot ihm Würstchen mit Kartoffelsalat an. Er nickte abwesend.

»Ist was?«

»Ja, langsam spüre ich's, heute ist was.«

»Gefährlich?«

»Vielleicht.«

»In meinem Horoskop steht, ich hätte heute Glück in der Liebe.«

»Heute?«

»Du bist nett.«

»Sag mal, könntest du nicht den Laden zumachen und für 'ne Stunde oder zwei mit mir rausfahren?«

Schimanski hatte nicht gedacht, daß sie zustimmen würde. Aber sie sagte ohne alle Umschweife: »Ja«, kassierte bei den wenigen Gästen, und eine halbe Stunde später saßen sie schon in ihrem 2 CV und gondelten Richtung Sechsseenplatte südlich der Stadt. Schimanski saß tief im Beifahrersitz und hatte die Schienbeine gegen das Armaturenbrett gepreßt. Er schwieg. Hanna klappte das Fensterchen an ihrer Fahrertüre hoch. Ihre langen schwarzen Haare wehten im Fahrtwind. Als sie die Stadt schon eine Weile hinter sich hatten, sagte sie.

»Kannst du denn so einfach abhauen?«

»Die denken, ich bin bei wichtigen Ermittlungen.«

»Kann ich denn auch mal was ermitteln?«

»Hm?«

»Warum bist du allein? Ich meine – so ein Mann wie du...«

Schimanski hob abwehrend beide Hände. »Vergiß es!«

»Ich möcht's aber wissen!«

»Ich habe dazu aber nichts zu sagen.«

»Warum weichst du den Frauen aus?«

»Ich? Na hör mal, bin ich dir ausgewichen?«

»Lange genug. Dann hast du mit mir geschlafen und mir viele wunderschöne Zettelchen hinterlassen«, sie beugte sich schnell zu ihm herüber und gab ihm einen Kuß auf sein linkes Ohr, »und heute ist schon wieder alles wie vorher. Und ich kenn' dich ja auch schon ein bißchen länger. Du weichst den Frauen aus.«

Schimanski kratzte sich an der Stirn. »Frauen sind meistens cleverer und auch stärker. Und in aller Regel gewinnen sie. Aber ich mag Frauen.«

»Ist das alles?«

»Ja, sicher.«

»Da muß doch mal was gewesen sein.«

Er lachte in sich hinein. »Da ist 'ne ganze Menge gewesen.«

»Ich denke, ein einschneidendes Erlebnis.«

»Mein Gott, warum wollt ihr Weiber denn immer alles so genau wissen!«

Hanna war nicht eingeschnappt wegen des rüden Tones. »Ich zum Beispiel, weil ich dich gerne sehr gut kennen würde.«

»Ich mich auch, kannste mir glauben.«

»Mann du bist doch mindestens 35!«

»40 – in vier Wochen etwa werde ich 40.«

»Da hast du dich aber gut gehalten!«

»Na ja, einer, der nichts mit Frauen hat.«

»Kindskopf!«

»Was hast du gegen Kindsköpfe?«

Sie antwortete nicht mehr. Vor ihnen lag jetzt einer der Seen. Hanna steuerte ihren Wagen unter eine Trauerweide. Die herabhängenden Zweige umgaben sie wie eine filigrane Glocke.

»Weißt du«, sagte Schimanski, »ich bin einer, der immer alles ernst nimmt. Erst mal, ich habe wirklich zu den Leuten gehört, die denken, eine Beziehung zu einer Frau, das ist etwas, was man durchhält. Ich hatte immer damit gerechnet, daß es Krisen gibt, Schwierigkeiten, Auseinandersetzungen. Aber sie ist bei der ersten derartigen Gelegenheit weggelaufen.«

»Entschuldige, aber ich glaube immer erst einmal, daß eine Frau für so einen Schritt gute Gründe hat.«

»Die hat sie auch gehabt, verdammt noch mal. Aber wir hätten das durchstehen können.«

»Wir? Oder meinst du sie?«

Schimanski schwieg. Erst nach einer Weile sagte er:

»Ich hätte dir vorher sagen können, wie das Gespräch verlaufen würde. Deine Frage, meine Antwort, deine Replik, meine Replik – es bringt nichts, ehrlich!«

Die Stimmung war plötzlich umgeschlagen.

»Vielleicht sollten wir lieber zurückfahren«, sagte Hanna nach einer weiteren langen Pause.

»Mhm.«

Sie rangierte den Wagen unter der Weide hervor. Die Äste schlugen gegen die Scheiben. Hanna fuhr einen schmalen Uferweg entlang.

»Jeder ist für sich allein«, sagte Schimanski unvermittelt.

»Es wäre aber besser, wenn es anders wäre«, antwortete Hanna.

»Ja, bloß erzwingen kann man's nicht.«

»Aber versuchen vielleicht.«

»Du und ich?«

»Warum nicht? Und jetzt fahre ich dich ins Präsidium«, sagte sie entschlossen.

Hänschen saß bei Thanner, als Schimanski zurückkam. »Ich habe Königsberg unterrichtet, daß wir heute nacht draußen bei dem Depot sein werden«, sagte Thanner.

»Weiß es Tumler auch?«

»Tumler war bei Königsberg.«

»Warum, willste den mitnehmen?« fragte Hänschen.

»Ne, du, ganz bestimmt nicht.«

»Königsberg hat gemeint, er sollte sich heute nacht hier bereit halten – für alle Fälle.«

»So'n Quatsch, auf den können wir doch verzichten!«

»Wer weiß, was Königsberg damit bezweckt.«

Bernie lehnte am Brückengeländer. Er stieg zu Hänschen in den Fond. »Ich dachte, du kommst alleine«, sagte er zu Schimanski, der vorne auf dem Beifahrersitz saß.

Thanner steuerte den Wagen. Sie verließen die Stadt Richtung Wesel, Dinslaken. Schimanski stellte seine Kollegen vor und versuchte, Bernie sein Mißtrauen auszureden.

Das Depot lag auf einer Anhöhe und war mit einem Stacheldrahtzaun und einem elektrisch geladenen Zaun umgeben. Die Waffen- und Munitionsbunker sahen wie große Maulwurfshaufen aus. Das Gelände war von einzelnen Lichtmasten schwach ausgeleuchtet. Im hinteren Teil standen nebeneinander zehn oder zwölf Lastwagen. Das Gelände war zur Zeit nicht bewacht.

Thanner versteckte den Dienstwagen in einiger Entfernung von der Zufahrtsstraße. Unter Bernies Führung pirschten sie sich heran. »Sind denn deine Kumpels heute nicht da?« fragte Schimanski.

»Doch«, gab Bernie einsilbig zurück.

Ein kleines Sträßchen führte zu dem Depot und endete vor dem mehrfach gesicherten Tor. An den Zäunen entlang führten Fußpfade innen und außen um das Gelände herum. Die Wachen machten ganz offensichtlich beiderseits des Doppelzauns ihre Rundgänge.

Nach etwa fünfhundert Metern kamen sie an die hintere, linke Ecke des Areals. Dort stieg das Gelände ein wenig an. Sie krochen durch dichtes Strauchwerk und erreichten nach fünf Minuten einen Waldrand. Dort stand ein Hochsitz. Bernie kletterte hinauf und Schimanski folgte ihm. »Daß sowas zugelassen ist«, staunte der Kommissar, als er neben dem Autonomen oben stand. »Von hier aus kann man ja wirklich alles überblicken.«

»Wie für uns gemacht«, Bernie grinste. »An anderen Standorten müssen wir erst solche Dinger bauen oder Baumlager anlegen.« Er schaute auf die Uhr. »Kann noch ein, zwei Stunden dauern, bis die anrücken.«

»Wenn sie anrücken«, ließ sich Thanner von unten hören.

»Die kommen schon.«

»Es sei denn, sie sind gewarnt worden.«

»Also von uns bestimmt nicht«, sagte Bernie.

»Das habe ich auch nicht gemeint«, rief Thanner herauf. Warten gehörte zwar zu Schimanskis Job, aber es machte ihn dennoch jedesmal aufs neue nervös. Er trat von einem Fuß auf den anderen und schaute immer häufiger auf die Uhr. Bernie dagegen saß seelenruhig auf der grob zusammengenagelten Bank.

»Macht dir das nichts aus?« fragte Schimanski.

»Ne, ich mag das sogar.«

»Komisch.«

»Find' ich nicht. Ich habe viel Zeit zum Nachdenken. Ich habe mich noch nie gelangweilt, wenn ich hier draußen war.«

»Furchtbar!« schimpfte Schimanski.

»Temperamentssache.«

»Wo, glaubst du denn, wollen die einsteigen?«

Bernie deutete mit dem ausgestreckten Arm nach links.

»Dort drüben, etwa 150 Meter von uns entfernt.«

Schimanski hob das Fernglas an die Augen und suchte die Stelle. »Sieht dort aber auch nicht anders aus als am ganzen Zaun.«

»Das wird sich dann schon ändern.«

Bernies Bierruhe ging dem Kommissar immer mehr auf die Nerven. Und dann war da plötzlich Bewegung. Von der linken Ecke des Zaunes her kamen vier Gestalten geduckt den Trampelpfad entlang gelaufen. Zwei von ihnen trugen schwer an irgendwelchen länglichen Gegenständen. Schimanski versuchte im Glas zu erkennen, was sie da mitschleppten, aber da sich die Gestalten ziemlich schnell bewegten, hatte er Mühe damit.

»Leitern, sieht aus wie Leitern!« zischte er.

»Klar, wie wollen sie sonst über die Zäune kommen?« sagte Bernie. Thanner und Hänschen hatten sich inzwischen vom Hochsitz entfernt und pirschten sich langsam an die Stelle heran, wo die vier Gestalten jetzt haltmachten. Bernie hatte recht gehabt. Die Stelle war 150 Meter entfernt. Mit großen Drahtzangen durchschnitten die Männer den Stacheldrahtzaun. Sie schienen keine Eile zu haben. Alles, was sie machten, wirkte überlegt und wie einstudiert.

»Die machen das nicht zum erstenmal«, sagte Schimanski. Bernie antwortete nicht.

Sorgfältig entfernten die Männer die herausgeschnittenen Stacheldrahtteile. Dann stellten sie dicht vor dem zweiten Zaun eine Leiter auf. Zwei Mann stützten die Leiter, während ein dritter Schritt für Schritt hinaufstieg. Auch dies wirkte wie tausendmal trainiert.

»Die reinste Zirkusnummer«, sagte Schimanski.

Der Mann stand nun auf der dritten Sprosse von oben.

Noch immer hielten zwei seiner Begleiter ihn und die Leiter in der Balance. Der vierte Mann reichte nun eine zweite Leiter hinauf. Mit unglaublicher Geschicklichkeit hob der vorsichtig balancierende Mann die zweite Leiter hoch, stützte sie auf seiner Hüfte ab und ließ sie dann jenseits des Elektrozauns wieder hinunter.

»Das sind keine rechten Spinner, das sind Profis«, sagte Schimanski. Das schwierigste Stück Arbeit hatte der Artist dort drüben aber noch vor sich. Der vierte Mann stieg ein paar Sprossen zu ihm hinauf. Er hatte ein Brett bei sich. Weit über die letzte Sprosse gebeugt, hielt der oberste Mann die Leiter innerhalb des Zauns mit der rechten Hand fest und versuchte mit der linken, das Brett auf die zweitoberste Sprosse dieser Leiter zu schieben. Als ihm dies gelungen war, zog er es so weit zu sich heran, daß er es auch auf die zweite Sprosse seiner Leiter auflegen konnte. Die beiden Männer unten hielten noch immer die Leiter fest, während der Artist nun über die oberste Sprosse auf das Brett stieg, das jetzt den Elektrozaun überbrückte. Vorsichtig testete er den Halt der Konstruktion. Sie schwankte zwar, blieb aber stehen und berührte nicht den Zaun. Fuß vor Fuß setzend balancierte er hinüber und stieg behutsam die innere Leiter hinab. Unten angekommen, hielt er die Holme mit ganzer Kraft fest. Ohne Mühe konnten so die beiden nächsten Männer hinübersteigen, während der vierte Mann die Außenleiter sicherte. Er stieg nicht hinüber, sondern sprintete sofort los, um das Gelände zu umrunden. Das Leitergerüst ließen sie stehen.

Die drei Männer verteilten sich im Depot. Zwei von ihnen liefen auf die Lastwagen zu, die am hinteren Zaun geparkt waren, einer lief zum nächsten Bunker.

Schimanski verfolgte die beiden Männer, die zu den Lastwagen liefen, mit dem Fernglas. Sie nahmen die Plane vom Führerhaus eines der Laster und öffneten die Motorhaube. Während einer offensichtlich die Fahrertür aufbrach, schien der andere Vorbereitungen zu treffen, um die Zündung kurzzuschließen.

Schimanski schwenkte sein Fernglas. Was die beiden vorhatten, brauchte er nicht weiter zu beobachten, das war auch so klar. In dem Augenblick, als er den dritten Mann ausgemacht hatte, gab es am ersten Bunker eine kleine Explosion. Sie war nur als ein leises ›Pflop‹ zu hören. Eine kleine Stichflamme leuchtete auf. Der dritte Mann hatte die Tür aufgesprengt. Im gleichen Augenblick rollte der LKW an. »Klappt wie am Schnürchen«, sagte Schimanski.

Der Mann, der die Bunkertür gesprengt hatte, lief jetzt auf das Tor zu.

»Verdammt«, rief Schimanski, »wir Hornochsen!«

Er hangelte sich an der Leiter hinab. »Warte, Schimanski«, rief Bernie. Aber Schimanski war schon unten auf dem weichen Waldboden und startete in Richtung Tor. Es lag genau auf der gegenüberliegenden Seite. Er mußte also um das halbe Gelände herumlaufen. Bernie folgte ihm.

Der dritte Mann hatte inzwischen das Tor erreicht und beschäftigte sich mit einem Sicherungskästchen, das neben dem Tor in eine Eisensäule eingelassen war. Auf der anderen Seite des Tores war inzwischen auch jener Mann angekommen, der nicht über die Leiterbrücke eingestiegen war.

Der Deckel des Kästchens sprang ab. Der Mann im Overall holte einen Lötkolben aus einer seiner Beintaschen, aus einer anderen fingerte er ein Stück Kupferdraht. Schimanski hielt einen Augenblick an und hob das Glas an die Augen. Bernie schloß zu ihm auf. »Der legt das ganze Alarmsystem lahm«, sagte der Kommissar, »alle Achtung.«

Funken sprühten auf.

Rasch trat der Mann im Overall zwei Schritte zurück. Nichts geschah. Nun brachte er auch am Torschloß eine kleine Haftladung an, zündete eine Lunte und trat ein paar Schritte zurück. Diesmal war die Detonation besser zu hören, und die Stichflamme leuchtete heller. Aber im Bruchteil einer Sekunde war alles vorbei. Der Mann im Overall trat gegen das Schloß. Das Tor schwang quietschend auf.

Der Mann, der draußen gewartet hatte, spurtete sofort los, um seinen Kameraden am Bunker zu helfen, während der andere durch das Tor auf die Straße heraustrat. Er ging ein paar Schritte und zog ein schweres Motorrad unter einem Busch hervor. Er schob es bis zum Tor und verstaute sorgfältig seine Geräte in den Satteltaschen, dann zog er seine Arbeitshandschuhe aus, stopfte sie in die Beintaschen des Overalls und machte sich auf den Weg zu seinen Freunden.

Aus dem Dunkeln tauchte Thanner neben Schimanski auf.

»Was jetzt?« fragte er.

»Ich denke, ich werde mir nachher das Motorrad ausleihen«, gab Schimanski zurück. »Und ihr greift euch den Jungen.«

»Und dann?«

»Fahrt ihr ins Präsidium, und ich gebe euch dorthin Nachricht, wo wir uns wieder treffen.«

»Ich fahre mit dir«, sagte Bernie.

»Geht nicht. Ich will dem Laster folgen. Und wenn die in ihrem Rückspiegel plötzlich zwei Gestalten auf der Maschine sehen, ist alles zu spät. Wo ist überhaupt Hänschen?«

»Der bewacht den Wagen!«

»Sehr umsichtig!«

In dem Augenblick heulte der Motor des Lasters auf. Der schwere Wagen rumpelte auf das Tor zu. Der Mann im Overall stand auf dem Trittbrett. Er sprang am Tor ab und schloß es, so gut es ging. Der Truck rollte davon. Als der Mann im Overall den Schlüssel ins Zündschloß seines Motorrads steckte, stand plötzlich Schimanski bei ihm.

»Ich leih' mir die Maschine mal aus«, sagte er.

Ansatzlos schlug der Mann im Overall zu. Der Fausthieb traf Schimanski in die Magengrube. Ein stechender Schmerz fuhr ihm bis ins Hirn hinauf. Schimanski schlug zurück. Unkontrolliert und wütend. Er traf den Mann mitten ins Gesicht, und dann war auch schon Thanner mit seiner Waffe und mit den Handschellen da.

Schimanski schwang sich auf die Maschine. Die Rücklichter des Lasters waren schon ziemlich klein, aber er hatte eine Fünfhunderter unter dem Hintern und gab ihr die Sporen. Der kalte Fahrtwind fuhr ihm ins Gesicht. Er fror an den Händen und wurde auf der gepflasterten Zufahrtsstraße so durcheinandergeschüttelt, daß er glaubte, er werde sich jedes Gelenk einzeln verstauchen, aber er genoß es. »Gebe Gott, daß mich kein Streifenbulle entdeckt«, dachte er. Es hatte ihm natürlich nicht mehr dazu gereicht, den Helm überzustülpen.

Die Fahrtroute überraschte ihn nicht. Es ging über Walsum und Beeck nach Ruhrort und zu den Häfen, und im Hafengebiet, wie er erwartet hatte, Richtung Schrotthafen. Schimanski hielt bei einer Telefonzelle am Eingang zur Schrottinsel an und bockte die Maschine auf. Er rief im Präsidium an und gab den Standort durch. Die Kollegen sollten versuchen, Thanner und Hänschen zu erreichen. Außerdem verlangte er, ein Einsatzkommando bereit zu halten. Dann setzte er seinen Weg zu Fuß fort.

Die Schrottinsel zog sich in die Länge. Zwei Tage zuvor war ihm das nicht so aufgefallen, aber da hatte er auch Zeit gehabt. Er war fast am Ziel, als ein Lastwagen langsam an ihm vorbeirollte, in dessen Windschatten eine große Limousine folgte. Am Steuer saß Grüber.

Schimanski konnte mit den beiden Autos Schritt halten. Er duckte sich hinter einem der riesigen Schrotthaufen, als Grüber aus seinem Wagen sprang und einen der Männer anherrschte:

»Wo ist der vierte Mann?«

Die beiden Lastwagen standen genau an der Stelle, die der Tunesier Schimanski gezeigt hatte. Am Kai lag ein geräumiger Lastkahn. Die drei Männer hatten schon begonnen, die Kisten zu verladen. Einer von ihnen antwortete Grüber:

»Keine Ahnung, er war hinter uns bis zum Eingang zur Schrottinsel. Wir haben uns auch schon gewundert.«

»Los, los, Beeilung«, kommandierte Grüber, »der Kahn muß in spätestens einer Stunde ablegen.«

Aus dem zweiten Lastwagen stiegen zwei Männer aus. Einer fragte Grüber: »Packen wir unser Zeug auch da rauf?«

»Sicher, sicher, was denn sonst?«

Plötzlich war ein Schatten neben Schimanski. Der Kommissar schrak zusammen und griff nach seiner Waffe.

»Du Hilfe brauchen?« flüsterte Ali.

»Vielen Dank, vorerst nicht. Halt dich besser da raus. Wenn ich euch brauche, melde ich mich.«

So geräuschlos wie er gekommen war, verschwand Ali wieder zwischen Schrott und Shredderanlagen. Schimanski schaute auf die Uhr. Hänschen und Thanner hätten eigentlich längst da sein müssen.

Die Männer arbeiteten zügig. Schimanski hatte schon über 50 Kisten gezählt, als er einen Wagen kommen sah. Das mußte Thanner sein. Schimanski löste sich aus dem Schatten des Schrottberges und trat auf Grüber zu. Der bemerkte ihn erst, als er dicht bei ihm stand und »Guten Abend, Herr Grüber!« sagte.

Grüber blieb erstaunlich ruhig.

»Ich nehme Sie vorläufig fest, und zwar unter dem Verdacht der Anstiftung zum Mord, des Diebstahls und diverser Vergehen gegen die Waffengesetze. Alles, was Sie ab jetzt sagen, kann gegen Sie verwendet werden. Darauf muß ich Sie hinweisen.«

Grübers Gesicht hatte sich verfärbt. Kleine Schweißperlen traten auf seine Stirn, aber seine Stimme klang ruhig und beherrscht. »Das ist lachhaft, Herr Schimanski. Ich lasse hier meinen eigenen Schrott verladen.«

Ohne es voll bewußt zu registrieren, nahm Schimanski auf, wie sich links von ihm ein schwerer Kran in Bewegung setzte.

»Schrott in Kisten?«

Schimanski sah sich um. Der Wagen Thanners stand etwa 150 bis 200 Meter entfernt, die beiden Kollegen mußten jeden Augenblick da sein.

Mit häßlichem Knirschen und Quietschen krachte ein riesiger Haufen Schrott über die Kisten im Lastkahn. Der Arm des Krans, der das Altmetall dort abgelassen hatte, schwenkte über Schimanskis Kopf zurück. Ein riesiger Magnet, der an einer Kette am Ende des Kranarms hin- und herpendelte, senkte sich auf den Schrotthaufen und zog einen Ballen Metall heraus.

»Kisten? Ach so, Sie meinen die Kisten unter dem Schrott«, Grüber lächelte, »was soll denn, bitteschön, ungesetzlich daran sein, wenn ich auf meinem Kahn neben meinem Schrott auch noch andere Waren verlade, die auch ausschließlich mir gehören.«

»Die Nato dürfte da anderer Meinung sein«, gab Schimanski zurück.

»Die Nato?«

»Ja, ungefähr achtzig von den Kisten stammen aus dem Waffen- und Munitionsdepot in Führstadt.«

Zum erstenmal verlor Grüber die Kontrolle über sich. »Wie kommen Sie denn auf sowas?« Seine Stimme zitterte, und Grüber wischte in einer fahrigen Bewegung den Schweiß von seiner Stirn.

»Wie ich auf sowas komme? Ich hab's selber gesehen. Wir sind von Anfang an dabei gewesen und haben jeden Schritt Ihrer Leute beobachtet.«

Grüber lachte. »Bluff, alles Bluff. Das hätte ich gewußt...« Dann hielt er entsetzt inne.

Schimanski schaltete sofort. »Sie hätten das gewußt. Sie oder Mercier, nicht wahr, Sie haben immer alles gewußt, oder? Sonst wäre Mottenpaule noch am Leben und Geibel auch.«

»Ich verstehe kein Wort!« Grübers Stimme hatte sich noch immer nicht stabilisiert.

»O doch, Sie verstehen das ganz genau, Grüber!«

Im gleichen Augenblick schrie Thanner: »Horst, Vorsicht!!«

Schimanski reagierte instinktiv. Er machte zwei riesige Sätze und hechtete danach mit aller Kraft nach rechts. Krachend brach die Ladung Schrott nieder. Exakt an der Stelle, an der Schimanski gerade noch gestanden hatte. Schimanski rappelte sich wieder auf, hatte aber einen Augenblick lang Probleme, sich zu orientieren.

Thanner packte die blinde Wut, er kletterte auf den Kran und schlug ohne jede Kontrolle auf den Kranführer ein, besinnungslos und außer sich vor Empörung. Hänschen mußte dazwischen gehen und ihn mit Gewalt von dem Mann wegreißen. Und auch dann noch zitterte Thanner vor Zorn.

Reifen quietschten, ein Motor heulte auf. Grübers Wagen schoß davon. Die Männer, die für Grüber gestohlen hatten, suchten das Weite. Zwei von ihnen liefen dem Einsatzkommando in die Arme, das Minuten später eintraf.

Schimanski nahm Thanners Wagen und fuhr los. Er stellte eine Funkverbindung zum Präsidium her und sagte zum Kommissar vom Dienst: »Treib mir mal den Tumler auf, koste es, was es wolle.«

»Kein Problem, Schimmi, der sitzt in deinem Büro!«

»Na prima, ich muß ihn sprechen.«

Knacken in der Leitung, dann meldete sich Tumler.

»Wo steigt Mercier ab, wenn er in Düsseldorf oder Duisburg ist?«

»Stadelmaier sagte, im Duisburger Hof.«

»Danke. Übrigens, ich bin in spätestens einer Stunde im Büro. Wär' schön, wenn Sie noch so lange warten könnten.«

»Gerne. Ich kann gar nicht weg. Königsberg hat mich gebeten, mich heute nacht für alle Fälle bereit zu halten. Unser Spiel ist ja auch noch nicht zu Ende.«

Schimanski legte den Hörer zurück, ohne noch etwas zu sagen.

Herr Mercier wolle zu so später Stunde nicht mehr gestört werden, sagte der Portier, er habe seine Anweisungen.

»Er hat Besuch, nicht wahr?« Schimanski legte seinen Ausweis auf den Tisch.

»Ein echter Kriminalist«, sagte der Portier voller Ehrfurcht.

»Was ist daran so komisch?«

»Sonst haben wir hier nur welche als Hausgäste, die Kriminalisten spielen – Schauspieler eben.«

Schimanski reagierte nicht darauf.

»Suite 511«, bemühte sich der Portier schnell hinzuzufügen.

»Na bitte!«

Schimanski nahm nicht den Fahrstuhl. Er neigte zur Klaustrophobie und mied enge Räume. Er fuhr auch nur durch Tunnels, wenn es sich nicht vermeiden ließ.

Die Suite hatte eine Klingel. Schimanski ließ den Daumen drauf.

»Wer ist denn da?« rief eine Stimme von innen.

Schimanski nahm den Daumen nicht herunter, bis die Tür aufgerissen wurde.

»Wer sind Sie?«

»Schimanski.«

»Dieser... äh..., unorthodoxe Polizist?«

»Auf jeden Fall kein orthodoxer Christ. Ich komme grade mal rein, ja?«

Schimanski schob Mercier zur Seite. In einem Sessel saß Grüber. Schimanski baute sich vor ihm auf. »Nur die allerdümmsten Kälber gehn zu ihrem Schlächter selber«, sagte er.

»Was ist?« fragte Mercier von der Tür her.

Schimanski sah auf Grüber hinab. »Haben Sie das denn nicht kapiert, Mann. Warum sind Sie denn diesmal nicht gewarnt worden?«

»Bitte?« fragte Grüber.

»Ist doch klar. Dieser Gentleman aus Genf hält sich ein erstklassiges Informationssystem. Er weiß, was die Polizei so macht. Nicht nur von uns hier in Duisburg weiß er das, er ist auch über die Maßnahmen des Landeskriminalamtes und des Bundeskriminalamtes informiert. Deshalb kann er auch immer rechtzeitig Zeugen aus dem Weg schaffen lassen. Ob das der Herr Hillermaier aus Frankfurt für ihn macht oder die Polizei...«

Mercier hob lächelnd seine Hand und sagte: »Nur daß die Polizei honorarfrei arbeitet, was man sonst von niemandem sagen kann. Übrigens: Wer, bitte, ist Hillermaier?«

Schimanski sah den Schweizer gar nicht an. »Haben Sie es jetzt verstanden, Grüber?«

Grüber sah zu ihm auf. »Sie meinen...«

»Ich meine, daß Sie für Mercier schon nicht mehr tragbar waren, als Sie die beiden Mädchen umbringen ließen.«

»Schon früher«, sagte Mercier mit seiner leisen, kultivierten Stimme, die durch den französischen Akzent noch charmanter klang. »Er hätte niemals zu denen gehen dürfen. Ich dulde es bei meinen Geschäftspartnern und Mitarbeitern nicht, wenn sie schlechten Umgang haben und wenn sie dabei gar noch die Contenance verlieren.«

»Sehen Sie, Grüber. Und deshalb kam Monsieur Mercier diesmal nach Duisburg, um Sie zu eliminieren. Der Zufall oder vielleicht sogar seine eigene Regie wollten es, daß er sich dabei – wieder einmal – nicht die Finger schmutzig machen muß. Er konnte es so deichseln, daß die Polizei Sie aus dem Verkehr zieht.«

Grüber sah Mercier hilfesuchend an. Aber der ließ es bei seinem verbindlichen Lächeln. Schimanski drehte sich zu Mercier um. »Sie haben dafür aber einen tüchtigen Mann gebraucht, nicht wahr. Einen, der immer alles im Auge hat. Ich weiß bis heute nicht, warum man so einen bei uns und bei den Geheimdiensten einen Maulwurf nennt. Maulwürfe sind doch bekanntlich blind.«

»Herr Schimanski«, sagte Mercier mit seiner feinen Stimme, »wenn Sie Herrn Grüber mitnehmen wollen – bitte! Ich habe Geschäfte mit ihm gemacht, zugegeben, aber mein Part dabei war absolut legal. Was er zu verantworten hat, soll er verantworten. Aber Sie werden verstehen, daß ich meinen Schlaf brauche. Es ist schon fast zwei Uhr morgens, und ich habe morgen, nein heute früh einen Generalkonsul zu Gast, und um zwölf Uhr muß ich in Bonn sein.«

»Grüber ist ein schlimmer Finger«, sagte Schimanski, »aber Sie, Mercier, Sie sind schlimmer als die Pest.«

»Ich schreibe das Ihrer Erregung zu, Herr Schimanski.«

»Das dann bitte auch«, sagte Schimanski und schlug zu. Seine Faust traf Mercier am Kinn. Der zweite Schlag zerbrach ihm die Nase. Mercier flog auf das Bett, stand aber fast sofort wieder auf, zog ein Taschentuch heraus und tupfte das Blut ab. Dann ging er um das Bett herum und wählte eine zweistellige Nummer.

»Hier Mercier«, sagte er, »ich brauche ein wenig ärztliche Hilfe.« Dann legte er wieder auf. Er sah Schimanski ernst an.

»Hart im Nehmen, was?« höhnte Schimanski.

»Und hart im Geben«, sagte Mercier. »Ich warne Sie, Schimanski.«

Schimanski grinste. »Wollte ich zu Ihnen auch gerade sagen!«

Einen Augenblick lang sahen sich die beiden an. Unterschiedlicher konnten zwei Männer nicht sein.

»Sie weisen mir nichts nach, Schimanski«, sagte Mercier.

»Und Sie machen mir keine Angst, Mercier.«

Dann wandte sich Schimanski zu Grüber um und zog ein Paar Handschellen aus dem Hosenbund.

Grüber leistete keinen Widerstand.

Thanner hatte die Schrottinsel ebenfalls schnell verlassen. Am späten Nachmittag schon hatte er Tumlers Ford Scorpio fachgerecht aufgebrochen und untersucht. Das Auto war klinisch rein gewesen.

Aber Thanner war sich seiner Sache sicher. Tumler wohnte im Penthouse eines Freundes, wie er sagte. Der Freund hielt sich geschäftlich in Südamerika auf. Zum Glück mußte jeder Mitarbeiter der Polizei stets angeben, wo er privat zu erreichen war. Königsberg hatte Thanner die Adresse gegeben.

Das Haus lag in Düsseldorfs bester Gegend. Die Innenausstattung war von erlesenster Qualität. Thanner wurde neidisch, sobald er die Tür hinter sich ins Schloß gedrückt hatte. Einen Augenblick lang überlegte er, wie er reagieren sollte, wenn Tumler sich nicht an die Anweisung Königsbergs hielte und plötzlich nach Hause käme. Er beschloß, in diesem Fall sofort die Waffe zu ziehen und Tumler auf den Kopf zuzusagen, daß er ein hinterhältiger, gemeiner, feiger... undsoweiter... undsoweiter.

Thanner war ein systematischer Mensch. Eine Hausdurchsuchung lag ihm. Und er gehörte zu jenen Polizisten, die stets wieder die alte Ordnung herstellen. Manchmal hinterließ er eine durchsuchte Wohnung sogar in einem ordentlicheren Zustand, als er sie angetroffen hatte.

Er fand die Waffe in einem Schnellkochtopf ganz hinten in einer tiefen Topfschublade. Er fuhr mit seinem Kugelschreiber in den Lauf und hob die Pistole vorsichtig heraus. Dann setzte er den Deckel wieder exakt auf den Topf.

Er ging in den luxuriös ausgestatteten Wohnraum zurück, legte die Waffe behutsam auf den Tisch und suchte in der reichen Schallplattensammlung des Penthouse-Besitzers. Er fand die Tondichtung für großes Orchester, Opus 30, »Also sprach Zarathustra« von Richard Strauß, legte die Platte auf und setzte sich in den bequemsten Sessel, dann rief er Königsberg an, um zu berichten.

»Kommen Sie sofort her«, sagte der Kriminalrat. »Ich muß vielleicht nach Hause. Mein Rücken! Ich habe starke Schmerzen, fühlt sich an, als hätte sich mal wieder der Ischiasnerv eingeklemmt.«

»Ja, ich räume nur noch auf«, sagte Thanner mit einem Blick auf die tadellos aufgeräumte Wohnung.

Dann legte er auf.

In der Hausbar fand er einen jungen Genever und goß sich ein Wasserglas zu einem Viertel voll.

Jetzt erst ließ er den Tonarm auf die Platte nieder und setzte sich wieder in den Sessel. Er trank in ganz kleinen Schlucken.

Schimanski tat ihm leid. Horst hatte Tumler zwar nicht ausstehen können, anfangs, aber er war doch auch neugierig gewesen auf den Typ, der so windschnittig und kalt distanziert wirkte. Irgendwie hatte er wohl immer noch gehofft, daß hinter der Fassade ein guter Kumpel zum Vorschein kommen würde. Und zumindest hatte er seine beruflichen Fähigkeiten ziemlich hoch eingeschätzt. Zu Recht, wie Thanner zugeben mußte. Das Doppelspiel, das Tumler getrieben hatte, beherrschten nur die besten Köpfe oder ein besessener Spieler. Aber Schimanski würde enttäuscht sein. Wieder einmal ein Flop.

Irgendwann zieht er vielleicht doch noch los, dachte Thanner, und sucht seinen verschwundenen Vater.

Thanner fragte sich, ob er vielleicht eifersüchtig auf Tumler gewesen war? Vor sich selber konnte er es ja ruhig zugeben. Vielleicht, ja vielleicht war er eifersüchtig auf Tumler gewesen und hatte ihn deshalb immer so scharf rangenommen. Aber warum auch nicht? Er mochte Schimanski. Er fragte sich zum tausendsten Mal, warum eigentlich. Er kam nicht drauf.

Dabei wäre die Antwort so einfach gewesen: Weil Schimanski ihn so sehr brauchte!

VII

Tumler saß noch im Büro. Er ging sofort hinüber zum Backgammon-Brett, als Schimanski hereinkam.

»Das Spiel ist in der Endphase«, sagte er. »Ein Viererpasch und einmal fünf und drei, und Sie sind geliefert, Schimanski.«

Schimanski setzte sich Tumler gegenüber. »Wir haben Grüber. Er steckte hinter dem Einbruch in das Nato-Depot.«

Tumler hob leicht die rechte Augenbraue. Er würfelte. »Na bitte, ein Viererpasch!«

»Halten Sie es für möglich, daß Mercier es zuläßt, wenn Grüber Waffengeschäfte auf eigene Kappe macht?«

»Kaum – Sie sind dran!« Tumler reichte Schimanski die Würfel. Schimanski würfelte ohne eigentliches Interesse.

»Dann glauben Sie also, daß Grüber die Bazookas und Maschinengewehre im Auftrag Merciers...?«

»Bazookas und Maschinengewehre?« unterbrach ihn Tumler.

»Ich denke, es ging nur um Munition?«

»Das dachte Mercier vermutlich auch!«

Tumler lachte. »Und woher wollen Sie das wissen?«

»Ich habe mit ihm geredet. Grüber war übrigens bei ihm. Ich habe ihn in Merciers Suite verhaftet, Herr Tumler!«

Schimanski zog und konnte einen Stein Tumlers kassieren. Im gleichen Augenblick steckte Thanner seinen Kopf durch die Tür. »Kannst du mal einen Augenblick kommen, Horst?«

Schimanski stand auf. Er warf noch einen Blick auf das Brett. Dann sagte er: »So kann's kommen. Grade hat's noch so ausgesehen, als ob Sie schon gewonnen hätten!« Dann folgte er Thanner hinaus auf den Korridor.

»Königsberg meint, du sollst Grüber verhören«, sagte Thanner, als er die Tür hinter sich zugezogen hatte.

»Ist er im Haus, der Karl?«

»Ja.«

»Wo?«

»Drüben bei Hänschen.«

Schimanski begann zu rennen. Er stürmte in das Büro und rannte Hänschen fast um, der gerade mit zwei Bechern Kaffee in der Tür stand. »Karl, ich brauche einen richterlichen Haftbefehl.«

»Gegen wen?«

»Tumler!«

»Das gleiche habe ich heute schon von Thanner gehört. Hast du Beweise?«

»Nein, aber ich weiß es, und aus Grüber kann ich es rausholen, noch heute nacht.«

»Thanner hat den Beweis: die Waffe, mit der Geibel erschossen worden ist.«

Schimanski drehte sich zu Thanner um und sagte: »Du Kanaille!« Aber es klang eher anerkennend.

Zwei Beamte brachten Grüber herein. Schimanski ging auf ihn zu. Grüber wich ängstlich gegen die Wand zurück. Aber Schimanski fuhr ihm nur leicht mit dem gekrümmten Zeigefinger über den Nasenrücken und sagte: »Tja, dann schlachten wir mal den Sündenbock!«

Tumler hatte während Schimanskis Abwesenheit versucht, sein Glück zu korrigieren. Er war aufgestanden, zum Fenster gegangen, ans Brett zurückgekehrt, hatte die Steine ein wenig verrückt, grade so viel, daß er eine Chance gehabt hätte, das Spiel schnell und endgültig für sich zu entscheiden. Dann war er wieder ans Fenster getreten und hatte in die helle Nacht hinausgeschaut. Plötzlich war er wieder am Brett, um mit fliegenden Fingern die alte Spielsituation wieder herzustellen – gerade noch rechtzeitig, bevor Schimanski das Büro wieder betrat.

Schimanski sagte: »Wenn ich mich recht erinnere, sind Sie dran.« Tumler würfelte und konnte nicht fahren.

»Keine Chance«, sagte er mit einem dünnen Lächeln.

Schimanski beachtete das Spiel gar nicht mehr. Er schaute Tumler direkt ins Gesicht.

»Man muß wissen, wenn man verloren hat.«

Dann würfelte er mit einer fast beiläufigen Geste und erwischte genau die Zahlen, die er brauchte, um Tumlers Aufstellung in dessen eigenem Feld vollends zu zerstören.

Tumler sagte: »Ich gebe auf!«

Schimanski ging zum Fenster und sah hinaus.

»Was zahlt Ihnen Mercier?«

»Sie irren sich, Schimanski!« Noch immer hatte Tumlers Stimme diesen kühlen, hohen Klang.

»Ich irre mich nicht, leider. Nicht, daß es mir um Sie leid tut. Ganz bestimmt nicht. Jeder zahlt seine Rechnung. Mir tut's leid um Uschi von Berg, Monika Kilgus, Anton Keller, Günter Stadelmaier, und das sind bestimmt noch nicht alle.«

»Wenn es so wäre, wie Sie sagen, Schimanski, wäre Ihnen Grüber heute nacht nicht ins Messer gelaufen.«

»Ja, das hat Grüber auch gemeint!«

»Bitte?«

»Er hat gesagt, er hätte es wissen müssen – hören Sie: müssen, wenn die Polizei tatsächlich in Führstadt... Menschenskind, mich kotzt das an. Sie sind Merciers Mann. Ich weiß das, und Mercier weiß, daß ich es weiß. Und jetzt sagen Sie mir, was Sie dann noch für eine Chance haben!«

Schimanski ließ die Würfel über das Backgammon-Brett tanzen.

»Noch eine Partie?« fragte Tumler.

»Was denn, eine neue?«

»Sie haben doch Zeit, oder?«

»Ich schon.«

»Haben Sie einen richterlichen Haftbefehl beantragt?«

»Sowas erledigt Königsberg.«

Tumler nickte.

Er stellte die Steine auf. »Sie haben wirklich mit Mercier geredet?«

»Ja!« Auch Schimanski stellte die Steine auf. Diesmal spielte er mit Weiß.

»Er hätte also noch Zeit gehabt, mich zu warnen?«

»Ungefähr eine Stunde, aber warum sollte er? Sie sind für ihn nichts mehr wert.«

»Ich habe immer geglaubt...«, Tumler sprach nicht weiter.

»Warum?« fragte Schimanski, nachdem sie eine Viertelstunde schweigend gespielt hatten. »Warum haben Sie sich dafür hergegeben?«

»Wegen des Geldes.«

»Aber die Morde?«

»Ich habe niemals einen Mord begangen, Schimanski!«

»Da bin ich anderer Meinung. Außerdem, man muß nicht selber abdrücken...«

»Und warum spielen Sie dann noch mit mir?«

»Ich habe zu viele Mörder kennengelernt, seitdem ich diesen Job mache!«

»Und wissen Sie«, er sah Tumler voll ins Gesicht, »die subtilste Form der Verachtung ist, sie nicht zu zeigen.«

Tumler wollte in einer jähen Bewegung die Steine vom Brett wischen. Da ging die Tür auf.

Königsberg kam auf einen Stock gestützt herein.

»Es war nicht ganz einfach, um diese Zeit einen Richter aufzutreiben«, sagte er, »und natürlich wollte er dann auch was sehen. Tut mir leid, Herr Tumler, wir haben Ihre Wohnung und Ihr Auto durchsucht.«

Die Backgammon-Partie war noch in ihren Anfängen, aber es stand schlecht für Tumler.

»Und? Was haben Sie gefunden?« fragte Tumler.

»Unter anderem die Waffe, mit der Günter Stadelmaier erschossen wurde.«

Tumler stand auf. »Schade«, sagte er zu Schimanski, »aber Sie haben ja auch so gleich zweimal gewonnen.«

Auch Schimanski stand auf.

»Lieber hätte ich gar nicht gespielt!«

Nachbemerkung

Horst Schimanski, der Duisburger Kriminalkommissar, verdankt seine Existenz der Redaktion der Produktionsfirma BAVARIA ATELIER GMBH, den Autoren und Produzenten Bernd Schwamm und Hartmut Grund, dem Regisseur Hajo Gies, den Autoren Horst Vocks und Thomas Wittenburg, und ich selbst war in die Vorbereitungen zeitweise auch mit eingebunden. Einen wesentlichen, wenn nicht den wesentlichsten Einfluß auf die Gestaltung der Figur hatte von Beginn der Dreharbeiten an deren Darsteller Götz George.

Ein 90-Minuten-Film wäre überfordert, wollte er die ganze persönliche Geschichte des Helden mit transportieren. Im Kriminalfilm dominiert der Fall. Natürlich spielen der Fall und seine Lösung auch im Roman eine entscheidende Rolle, aber der Roman kann darüber hinaus eine Menge mehr erzählen. Daß der Darsteller Götz George, der sich in der Arbeit stark mit Horst Schimanski identifiziert, schon lange darüber nachgedacht hat – Was ist das überhaupt für einer? Wo kommt der her? Was hat er für ein Leben hinter sich? – wundert keinen, der Georges Art kennt, sich intensiv mit Figuren und Stoffen auseinanderzusetzen.

Und so haben wir uns eines Tages gemeinsam auf die Suche nach Schimanskis Vergangenheit gemacht. Gemeinsam wollten wir einen Roman entwickeln, der einen spannenden Kriminalfall erzählt und erste Einblicke in Schimanskis Vorleben gibt.

Das Ergebnis liegt jetzt vor.

Stuttgart, 16. 2. 1986 *Felix Huby*

HEYNE BÜCHER

HEYNE TASCHENBÜCHER

zu Film und Fernsehen

01/6356 - DM 9,80

01/6364 - DM 6,80

01/5750 - DM 12,80

01/5738 - DM 9,80

01/5716 - DM 9,80

01/6642 - DM 6,80

01/6357 - DM 7,80

01/6361 - DM 6,80